魔樹
少年

跳舞鯨魚 著

推薦序　要去尋寶否？

生命的質量是輕？是重？或輕？或重？無從知悉，然而，或許又有跡可循。

生命一直以我們所知的型態代代綿延，然其中卻也有著我們所不知的精髓，那精髓或許便是生命本質，更或許是族群的信念。

我從媽媽來，我的媽媽從外婆來，而我比他人幸運的是，我有兩位外婆。一位是媽媽的生母，這位外婆來自台中鄰近何厝的地方，有無可能是惠來遺址出土部族之後？誰知道呢？另一位外婆是媽媽的養母，生長在大甲，眾所周知大甲曾經是平埔族道卡斯族的大本營，我的這位外婆身上流了多少這族的血脈？我不知道。

數百年乃至數千年以來，這個島嶼上的每一個族群都經歷過遷徙，或自願或非自願，在遷徙過程或許凋零或者與他族融合，逐漸便隱晦成秘辛。人們離開原來熟悉環境，往往只為更靠近所來處，因為那裡有根。《魔樹少年》裡阿霧也罷，杜鵑也罷，人或樹，精靈或天神，在在穿越了古今海河平地與高山，因為最神祕的古靈天神會指引一切，且意念其實無遠弗屆。

歲月的腳步踩過一年又一年，從前，只剩下從前。現如今人們在生活裡最擅長聚焦新鮮事物，至於舊日記憶不也一點一滴的遺忘了？根在哪裡？生命起源於何？世人似是不再置放心間。

時下人士最愛尋寶，只要耳聞某處出現寶物，必定蜂湧而至。到底寶可夢虛擬世界的寶物，填補了什麼？尋寶之人會不會在某一次的抓寶過程中，走進了茄冬樹林，也遇見了倫布里和拉瑟爾，然後心裡的霧一點一滴慢慢的散開，發現腳下所踩踏的土地其實原是海的領域，遠古時代魚的家鄉。

我或許也無須太過悲觀，每一個世代均以著合於該世代的獨特方式行進，畢竟自然環境也在與時推移的過程中逐漸改變樣貌，莫說鯊魚不會再從腳下土地冒出來，就連活躍在先民時期的田鼠與其他動物，大約也如人類一般，從一處移居另一處，尋找各自安身的方式與所在。

雖然媽媽和她的養母沒有血緣關係，但這位在媽媽五十五歲往生的外婆，已然在這五十幾年之間，將來自大甲的生活習性傳承給媽媽了，而我必然也薰習了。

生命的印記往往無聲，卻也在悄無聲息中踏出了痕跡。

回望從前，多少年來，島嶼各族各留各的痕印，各有生命信念與精髓。

孰輕？孰重？

你說呢？

兒童文學創作者　王力芹　2016/10/01

前篇　汪阿莫的太陽旅行

大家好，我叫做阿霧。我有一位好朋友，他的名字叫做汪阿莫，至於我跟阿莫是怎麼認識的，就要從我們去尋找太陽的那一天說起。

那一天，阿莫提著一杯豆漿，是熱燙燙的豆漿。遠遠的，我看見豆漿的熱氣一點一滴溢出了塑膠杯，在等待紅燈變成綠燈的時間中，熱豆漿的蒸氣早爬滿了裝豆漿的塑膠袋，逐漸霧濛濛起塑膠袋內的模樣，就好像當天清晨的市區街景，分不清是空氣汙染還是大霧瀰漫，一片白煙籠罩。漸漸的，我看不清楚裝豆漿的塑膠杯，只剩下那鮮豔紫色的彩色吸管在塑膠袋中被熱豆漿擠來擠去的動作，猶如馬路上行駛而過那一輛輛貼滿各色各樣廣告的公車。

我下意識摸了摸口袋，只有幾個銅板在響。

肚子又一陣咕嚕咕嚕叫了起來，我已經把皮帶拉到盡處，緊緊繫住我的藍色制服褲子，那是鄰居丟掉的衣物，我阿嬤撿選了一套最乾淨的制服好讓我升小學高年級用。

那天，我就是穿著那一套衣服在外頭等待我阿嬤回家。

時間是星期天的早晨，我阿嬤一大早便出外打零工，她留了一塊麵包給我吃，但是我捨不得吃。

後來的故事，我和阿莫都站在大馬路邊，踩上了那些即將被太陽曬到熱燙燙的柏油路，就在那一刻，我的肚子咕嚕嚕又叫了起來。身穿白色上衣和短褲的阿莫不知道為什麼就把豆漿遞給我。

「我家是開早餐店的。」阿莫說。

「你提的豆漿是要給誰呢？」我問。

「原本是我自己要喝的。」阿莫答。

「那你把豆漿給我喝了，你要喝什麼呢？」我又問。

「我還不會很餓。」阿莫答。

我永遠忘不了那天，我和阿莫一人一口豆漿分著喝，慢慢走向了火車站。

我問阿莫說：「你要去哪裡？」

「我得回到我原本居住的地方，那裡有我的好朋友們。」阿莫答。

我對阿莫說：「謝謝你跟我分享豆漿，我想我應該做些事情幫助你。」

阿莫一楞，他想了一下，才任由陽光般的笑容映滿他滾圓的臉龐。「我想，你可以陪我去找我的好朋友們。」

「為什麼要去找你的好朋友呢？」我問。

「因為還沒有說再見。」阿莫答道。

我對阿莫點了點頭，說著：「我也還沒有跟我爸爸說再見，所以總覺得一定會再看見他。」接著，問道：「那說過再見之後，你是不是就打算不再跟朋友們相見呢？」

阿莫歪起頭，他想了又想，答道：「總覺得必須說再見，才能夠放心在新的城市生活下去。」

「你剛搬到嘉義嗎？」我問。

阿莫點點頭。

「你好，我是阿霧，我可以帶你去認識嘉義。」我說。

「你好，我叫做汪阿莫，我剛從彰化搬到嘉義，原本是要搬去埔里，但是我爸太想念他原本的家鄉。我爸小時候住在雲林，他那天開車載著我們全家，一直說些山丘的故事。我爸跟我們說，原本很多鄉鎮都有小土丘，也有很多地方原來是沉在海底，日子久了就全變成陸地。我爸還說：『究竟是距離海平面多遠的陸地，三角點可以回答我們這個問題。』他一說完，就開車載著我和媽媽，以及全部的行李往南行駛。」

那天阿莫越講越開心，他拉著我的手走入火車站，直坐上一排木椅，一個勁兒就開始向我傾訴他們搬家的故事。

他繼續說道：「是沿著台19線一路南下，爸爸在鹿港的瓦瑤街告訴我們關於三角點的事情。三角點像是紀錄土地故事的紀念碑，我爸是這樣說起的。從海邊往陸地走，從大馬路進到宛如大草原的荒地中，我們先到達彰化秀水的馬鳴山。我爸在那裡找到了標高十公尺的三角點。然後是在縣道的公園旁，找到埔鹽鄉的三角點。一駛入雲林崙背鄉之後，我爸笑得就像是車內一輪火熱的太陽，他說道：『到家了，到家了。』但是我跟媽媽都不認識那裡的路，從台19線轉入縣道一五四，那裡是一片密林，眼前的風景則越來越像是荒涼沙漠般的景致。風很大，不見人煙，土地廣闊隱密在林木裡，地勢還有些微微起伏著。我爸說：『貓兒干的三角點就在小丘上。』」

阿莫說著說著，忽然就笑了起來。「我還以為是豆干，又請爸爸再說一遍。我沒聽錯，我爸說的是貓兒干。好像是貓肉干，有些恐怖，我不禁打起冷顫，卻又忍不住笑了出聲。但就在那一刻，我爸對我板起臉孔說道：『這裡可是我們祖先居住過的地方。』」

「那你們為什麼不在貓兒干住下去呢？」我問阿莫。

「因為我們家的親戚都搬去埔里了，所以我們也想搬過去。」阿莫回答。

「可是你們全家怎麼又來到了嘉義呢？」我又問。

阿莫聳聳肩膀回答：「這個問題大概只有天知道吧。反正我爸想到什麼就做什麼，他總是盯著影子看。」

「在看什麼呢？」我問。

「太陽吧。我覺得我爸真正想看的東西是太陽。」阿莫回答。

「看太陽會把眼睛弄壞掉的。」我回應。

「所以我爸才會一直瞅著影子發呆。」阿莫說完，也看起車站內我和他的影子，一兩分鐘後才又說道：「我爸是跟著影子走的，感覺像是在背離太陽，又彷彿遵循著太陽的方向。」

「難道是想跟著陽光直射到北回歸線，那是太陽直射地球最北端的位置，你爸想去北回歸線是嗎？」我問道。

阿莫再度聳聳肩，表達無奈說：「除了搬去埔里，我家還有些遠房親戚搬到宜蘭，可是我爸說他離不開濁水溪的，所以無法跟姑婆他們全家一起搬家到宜蘭定居。」

「這麼說來，是溪水的緣故影響你爸想去的地方，並不是太陽囉。」我說。

「我爸太神祕了，我想我一輩子也無法瞭解我爸。」阿莫作下了結論。

「為什麼？」我問阿莫。

在那天記憶中，我依稀記得，阿莫在火車站說的最後一句話，「因為他是花舞浪人。」

我和阿莫在火車站被阿莫的父母抓到，他們拽著阿莫的手往嘉義的租屋處走，也順便帶上了我，走著走著，我們四個人彷彿直跟著太陽某個角度的指引下，穿梭在省道間，越過台19線之後，白晝瞬間黑暗下來。那是一大片的森林在蔓延，直從台19線到西濱快速道路之間，海淘上來的水氣如霧，裝飾在黑夜般的森林成為了一朵朵的雲。

我隱約聽見阿莫的爸爸說起：「這裡是貓兒干社。」

阿莫在大霧中朝著北邊，不曉得是在跟什麼人說再見般，努力揮動雙手。

阿莫的媽媽則催促著阿莫的爸爸和阿莫說：「我們回家吧，回家了。」

紫紅色的光芒瞬間閃過了我們的背後，那是太陽宛如一艘巨大的船，漸漸駛離港口邊。

我在阿莫家醒來，我阿嬤一直跟阿莫的爸媽道歉，阿莫的爸媽則要我經常去陪阿莫玩，我點了點頭，還答應要作阿莫一輩子的好朋友。

從那刻起，我卻沒有再聽過阿莫說過什麼貓兒干、花舞浪、太陽還是搬家等等的故事，他老是說我在作夢。

「我爸的老家以前是費佛蘭人的居住地，費佛蘭人是居住在雲林的平埔族，據說藏在大森林之中。現在雲林哪有什麼大森林，連伯勞鳥都快消失，只有馬路、市場和透天厝林立，再也沒有其他東西了。」

隨著認識阿莫的日子越來越久，我也不太記得阿莫家的故事。只記得我和阿莫全家曾一起跟著太陽走，又像是在逃離太陽的追趕——可能是太陽，也可能是任何東西……認識阿莫之後，我學到記憶是不可靠的，唯獨情感的聯繫才是最牢固的回憶。

魔樹少年

CONTENTS

阿汪是溪的聲音，汪是靈魂的名字，少年的過去活在一個叫做汪阿莫的男孩身上，少年自己的名字則叫做阿霧。阿霧是指何人的子子孫孫，阿霧當時並不清楚，直到以為太陽掉入溪中——由充滿神祕力量的古老時代升起，太陽始終都在子子孫孫的身旁，不曾離開。

1 教室黑影

站在十分乾淨的黑板前，黃老師清了清嗓子。

講台下，負責打掃黑板的阿安同學，似乎滿心期待著黃老師是否會誇獎他。這學期以來，每天阿安可是都花上一整堂的打掃時間，連一秒都不敢偷懶，非常努力才把黑板擦拭到宛若新裝上的光亮模樣。

黃老師瞇了一下眼睛，他推了推那副順著鼻子上的油膩而滑動的眼鏡後，緩緩步往講台旁的書櫃。黃老師轉身從講台旁的櫃子拿出一捲地圖，一拉開固定的繩帶，黃老師那大約一百七十公分的身高踮起腳，直把地圖往牆上的釘子掛上。轉頭，微微拉動黝黑臉龐上的肌肉，露出期望的神情，黃老師來回環顧講台下那些等待放學的同學們。

「老師，你還要上課啊？不是說好，要留時間討論校外教學的事情嗎？」熊同學問。

黃老師笑了笑。「那麼各位同學，誰知道我們的祖先是從哪裡來的？」

「這是苗栗、臺中和南投的地圖。」鹿同學回答。

「老師，你是教數學的，什麼時候也開始上地理課了？」熊同學問道。

「是在討論校外教學的事情。」

黃老師微笑後又從書櫃拿出了另一捲地圖掛上，而地圖所描繪的資訊，除了指北針以外，看不到任何縣市分界，唯一認出的是標記河流的藍色圖案，還有分界的黑線，地圖上頭也應該寫有文字，但是字很小，致使講台下的同學無法看見。

「我們的確是要去中部校外教學。」鹿同學欣喜說道。

阿安仰頸企盼著黃老師的讚美，終於失望放棄，心裡嘀咕著：「原來老師這堂課沒有要用黑板。」

沮喪的阿安轉頭，看了一眼坐在他後面位置的同學。

那是個很高大的男孩，全身肌膚呈現橄欖油般的顏色，就像午後陽光曬在河面上的點點波光那般閃耀著。那男孩還有一雙美麗的眼睛，那雙眼曾在過去課堂上，專注散發猶如雨後彩虹映在池塘上的光澤。

但不知何故，今天那男孩在學校一臉露出遺失東西的焦慮模樣。

阿安故意把椅子往後靠，去撞上後面同學的桌子。

班上的其他男同學也看見了。

他們紛紛竊竊私語說道：「那個阿霧又在發呆了……等一下放學再去教訓他……上次騙他賠我們鋼筆，他不是只還我們十五元的原子筆……」

黃老師指著第二張地圖說：「只要越過這些河川，就能到達中部地區。」

鹿同學恍然大悟，他點了幾下頭，連忙回應黃老師。

「所以我們要用步行的方式，去校外教學囉。」

熊同學回應：「你自己一個人走，我們全部的人都要搭遊覽車。」

阿安咧齒一笑。「並不是全部的人，阿霧並沒有參加。」

班長立馬站起來維持秩序。「安靜！現在是上課時間，要吵，放學再吵。」

黃老師搖了搖頭，他指著第二張地圖說：「有沒有人知道，這裡是哪裡？」

全班立刻寂靜一片。

「我們學校附近有沒有溪流？」黃老師問。

熊同學打起了冷顫。

「有，就在台19線附近。」鹿同學回答。

「這地圖上有三條溪流，你們能聯想到哪裡也有三條溪流？」黃老師問。

「我們這附近就有三條溪流。」班長回答。

「那，那，那跟第一張地圖有什麼關係？」熊同學怯懦問道。

「是我們要去校外教學的區域啊。」鹿同學回答。

「校外教學的時候我們都是搭遊覽車，而遊覽車走的明明是高速公路。老師，你應該要換一張有國道標示的地圖。」熊同學建議說著。

「那如果是三、四百年前呢？我們要怎麼從學校到中部地區？」黃老師問道。

「搭公車。」鹿同學答。

「天呀，這又不是穿越時空的連續劇，三、四百年前怎麼可能會有公車。」熊同學說。

「那騎機車。」

鹿同學說完，全班都對他發出了噓聲。

「可以搭牛車前往嗎？」班長提出了疑問。

「班長的問題相當好。」黃老師原本失落的心情又燃起了希望。「到底牛車是什麼時候出現的呢？有人知道嗎？」

黃老師把目光投向了阿安身後，那個叫做阿霧的高大男孩。他是班上最知識淵博的學生，雖然成績不是前三名，但是十分聰明睿智，對每一種知識都抱持著相當大的好奇心，因此黃老師很希望阿霧能夠回答這個問題。

阿霧整堂課卻從頭到尾都沒有看向黑板。

阿霧眼底的彩虹何時消失，阿霧自己也不清楚。他甚至開始聽不懂周遭同學在討論什麼，黑板上掛著的又是何種物品，那站在講台上的捲髮男子又是誰，阿霧他自己又叫做什麼名字，他為什麼會坐在教室內……阿霧對世界忽然感到陌生，他隱約露出有些畏懼的神情，他的手腳微微顫抖，他想閉上眼睛去逃避眼前的世界，卻又矛盾做出相反的動作，阿霧怎麼也不肯把自己吐露恐懼的雙眼閉上。

黃老師瞧見了。

「阿霧，你不舒服嗎？需不需要去保健室？」

阿霧定睛往講台一看，他才終於聽明白了同學們正在討論……那些聲音似乎是在說著四百年前有沒有牛車……阿霧知道答案的，他很明白，牛是荷蘭人引進的，牛車一直是很普遍的交通工具，就連他爸爸都坐過牛車——阿霧的整張臉瞬間脹紅，他趕緊搖頭想讓自己清醒過來。

周遭的聲音越來越吵雜，紛紛說道：「阿霧終於不知道答案了……沒有牛車那就用走的……可是要怎麼從南部地區至中部地區……坐船走海路……游泳過河不就好了……反正，我們現在可以坐遊覽車去臺中玩……」

黃老師的聲音離阿霧的耳朵越來越遠。

「你知道這個答案嗎……你知道我們的祖先要如何遷徙……你的祖先從哪裡來的……」

阿霧逐漸又聽不懂教室裡的討論。

黃老師只好請班長回答。

班長連忙搖頭。「老師，我又沒有研究過祖先的歷史。」

「好可惜喔。如果杜鵑同學在，她一定能夠回答出來。」鹿同學說。

「杜鵑同學一定會沒事的。」

班長說完，眼眶脹得紅通通。

黃老師直點頭。「老師也相信杜鵑同學會康復，然後跟我們一起去校外教學。她一定能說更多精采的故事跟大家分享，例如：我們的祖先是從哪裡來的……」

阿霧以困惑的神情直盯著黑板，他彷彿看見一雙翅膀，是鳥的翅膀，相當大的一雙翅膀，影子幾乎包圍了整間教室，那鳥的身體一定很大很大……啪答啪答……阿霧直看著那從牆壁浮出來的黑色影子。

黃老師繼續說。

「我們的祖先是從天上來的。這個傳說故事就來自於，我們校外教學會去參觀的那些地區，那裡流傳著很古老又完整的傳說，其中一個故事告訴後來居住在這塊土地上的人們，我們的祖先是從天上來的。」

黃老師指著第一張地圖繼續說明。

「以前這裡有過一個古老的村莊，那村莊的造型就像一把月琴，而從這月琴村莊流傳出去的故事相當多，都跟遠古神話有關，老師想要一天分享一個故事給大家知曉，等到我們去校外教學時，就能夠對當地文化有更深的瞭解，你們也會更有興趣去探訪。」

阿霧突然覺得很孤單，全班就只有他一個人發現有一隻大鳥的影子出現了。

那隻鳥近得就像直昇機迫降在學校頂樓般，啪答啪答的聲音充斥在阿霧的耳朵中，阿霧很想跟同學分享，但是什麼也沒發覺的大家，都很專心在聽黃老師說話。阿霧不禁疑惑了，那麼熱愛研究古文明的黃老師為什麼會沒看見那隻巨大的鳥。

阿霧終於閉上了眼睛，他感覺那隻鳥的體型龐大，而且全身羽毛漆黑，唯有頭頂上有白色點點，翅膀在揮動的時候，隱約還發出了亮光。

2 豆漿店外的喧囂

阿霧踏出校門的時候，遲疑了一下，他回頭看見校門口有許多同學，各個聚在一塊聊天，他們說著要去哪裡補習，要前往誰家去競賽電玩，還有其他同學們則相約要去看木棉花海。

阿霧擺動雙手快步離開校門口。一個勁兒直往回家的反方向衝，阿霧走的相當快，速度跟跑步沒有兩樣，直是在巷弄中穿梭了好些時間。他一腳跨出了大馬路的時候，又連忙將身子藏匿在巷子裡，他的目光瞥看著路口的豆漿店，老闆和平常一樣正忙著準備營業，在店裡煮著豆漿的老闆娘也一邊注意爐火一邊排列燒餅。

阿霧的神情像是期待著什麼人出現。

一分鐘後，豆漿店的第一位客人上門，點了火腿夾蛋燒餅和豆漿。

阿霧的眼睛一亮，他到處張望，幾秒鐘過去了，他沒有發現到任何令他感到欣喜的跡象。

第一位客人離開之後，第二位顧客又接著上門。只見老闆和老闆娘急得手忙腳亂，老闆大喊了一聲：「阿莫！」

阿霧怔了一下。

老闆娘趕緊把豆漿遞給客人，老闆娘提醒老闆要同時煎蛋餅和荷包蛋。

老闆一臉尷尬低頭，繼續煮早餐。

陸續上門的客人似乎跟老闆攀談了幾句，只見老闆驟然淚如雨下，老闆娘一邊向客人致歉，一邊仍顧著同時在煮的三鍋義大利麵。

阿霧也跟著老闆的情緒，驀地就掉下了一顆淚珠。

阿霧轉身，把背部緊靠在巷子裡的灰濛濛牆壁上。阿霧整個人看上去也跟著灰茫茫一片，失去了往日亮閃閃光澤，雨後彩虹的清亮頓時消失在阿霧的臉上。

熊同學和鹿同學騎自行車經過了巷子，對起阿霧就猛按鐺鐺警示聲。

「只會跑不會救人的阿霧又在那發呆了。」鹿同學大吼。

「只會逃跑的阿霧，你站在那裡幹什麼！」

熊同學緊急煞車，一躍跳下了自行車，一腳就踢上了阿霧。

瞬間失去重心的身體往牆壁上擦去，阿霧的鼻子因此流血，他一臉驚嚇摀著鼻子，好不容易站穩腳步，卻被熊同學一把抓起了制服衣領。

「少在這裡做沒意義的事情，有種你就去把汪阿莫救回來。」

阿霧整個人都愣住了，身體任由熊同學劇烈搖晃。

「你被欺負，汪阿莫就幫你。汪阿莫需要你的時候，你又在哪裡！」熊同學很是憤怒把阿霧甩到了牆腳邊。

「老大，你不要揍他，小心有警察。」

鹿同學連忙上前勸架。

熊同學依然滿臉怒氣，他把鹿同學推開，一腳用力又往阿霧的身上踹下去。

「老大，你不要生氣。阿霧就是個膽小鬼，你又不是不認識他。」鹿同學一把抱住了生氣的熊同學。

阿霧坐在地上，他緩緩放開摀著鼻子的右手，看見自己的血流滿整個手掌之後，阿霧開始嚎啕大哭了起來。

「會引來路人關注的，老大，我們快走。」鹿同學說完，用力把熊同學推出巷子。

熊同學扭開鹿同學的手，又衝進巷子裡，指責阿霧說：「汪阿莫會死，都是你害的，你應該要去救他的，你應該要找人幫他的。」

鹿同學一臉為難。「老大，阿莫是為了救你弟，他才會壯烈犧牲。」

「都怪我，我當時太著急了，我離開了溪邊，竟然往大馬路上去找人。」熊同學一臉懊悔。

「阿莫……」阿霧一臉茫然。

「汪阿莫死了，都是因為你沒有救他，你到底在旁邊發呆個什麼勁，你為什麼不大聲叫，你為什麼不叫我！」

熊同學一把又抓起阿霧的衣領，往巷子裡的雜物堆甩過去。

阿霧的臉色蒼白，他的雙腳癱軟在地上，想努力站起來卻怎麼也站不起來。

「老大，會出事的。你放過那個膽小鬼吧，反正你弟也得救了。」鹿同學說。

熊同學轉身對鹿同學大吼：「但是汪阿莫死了，看到汪阿莫的父母在豆漿店忙進忙出的模樣了嗎？以前阿莫都會在店裡幫忙，大家都喜歡阿莫炸的油條，阿莫家的油條是多麼又酥又香……你看到阿莫的爸爸一邊流眼淚一邊炸油條的模樣嗎？都是因為他！」

熊同學轉身又抓起了阿霧。

「你到底在發呆什麼？你又在害怕什麼？以前同學打你，不是都有阿莫保護，是那個身高才一百六十公分的阿莫，是他挺身保護你這個快要一百八十公分的膽小鬼，他都不怕了，你害怕什麼！」

「老大，我們當時都很害怕啊！所以你慌了，我們才會跑上橋去找路人救援。」鹿同學說。

阿霧看著熊同學啜泣說著：「阿莫溺水了……」

「對，阿莫他死了。」熊同學百般無奈，他放下了阿霧。

阿霧再次跌坐在地上。

「老大，其實你要負最大的責任，要不是你找大家去溪邊玩。」鹿同學說。

熊同學大吼：「如果他有救到阿莫，我現在就不會那麼自責了。」

外邊大馬路傳來了警車鳴笛的聲音。

鹿同學一聽，急忙把熊同學拽出了巷子，兩人騎上自行車飛快便消失在大街上。

阿霧坐在地上全身發抖，直到被路人攙扶起，他才踉蹌走回馬路邊，用井水洗了一臉的血水之後，阿霧擤了擤鼻涕，勉強打起精神，才踏上回家的路。

3 平房裡的祖母

天色已經完全暗下，在客廳忙著做家庭代工的阿霧祖母還捨不得點燈。

阿霧開門後，摸黑把大門關上。「阿嬤，我回來了。」

阿霧祖母在黑暗中點了幾下頭。「飯菜都煮好了，吃完再去寫功課。」

「阿嬤，我們一起吃。」阿霧說。

「你先吃，阿嬤做完這一袋再吃。」阿霧祖母回應。

「那我幫妳做。」阿霧說。

「毋通（不可以），這個做久了，會傷手指，傷了手指，你要怎麼寫功課。」阿霧祖母說。

「那我先洗澡，我洗完，我們一起吃飯。」阿霧說。

「飯菜會涼掉，乖，你先吃。」阿霧祖母說。

阿霧拗不過祖母的堅持，他點亮了客廳和廚房通道的一小盞電燈之後，只好一個人坐在廚房，默默吃起晚餐。

洗完澡的時候，阿霧躡手躡腳趁祖母去吃飯的空檔，摸黑到客廳把一袋的家庭代工零件搬到了自己的房間，然後點亮他房間那盞整棟四十年平房老屋裡最亮的電燈，開始鎖起運動器材的零件。

門外，祖母一邊做著代工一邊哼起歌，不時停下，就往阿霧的房門喊：「今天功課做得如何？老師教的，你都聽的懂嗎？要不要補習？阿嬤再怎麼樣辛苦，也會讓你去補習，你不要擔心。」

「阿嬤，我才國中一年級，功課都很簡單，你不要擔心。」阿霧回應。

「那你要認真學。阿嬤不識字，不能夠教你讀書，你自己就要辛苦一點。」

「阿嬤，妳不要那麼辛苦，我去撿資源回收，我去報名打掃夜市的廁所，我們一起賺錢。」

「毋通（不可以），你只要管好自己課業，其他的事情，阿嬤會想辦法。」

阿霧不再出聲，他靜靜把一袋的家庭代工做完之後，才開始寫作業，一寫完作業，他趕緊關燈，拿著一本簿子就往門外走。

「阿嬤，我要去還同學書，馬上就回來。」阿霧說。

阿霧的祖母含糊說著：「好，好，讀冊好（讀書好）……你自己要小意（小心）……」說著說著，阿霧的祖母又在黑暗中哼起了歌聲。

阿霧迅速走到了巷子口的路燈下，打開行事曆看著打工的機會，拿筆圈起了一個，熟記著地點和聯絡人之後，阿霧趕緊往目的地跑去，不到五分鐘，阿霧天生的速度，就讓他跑到了三公里外的夜市，只見阿霧在人群中穿梭，好不容易找到了夜市的管理人。

未料，對方一看阿霧便搖頭說：「我要找的是女生。」

阿霧一聽，心中無限沮喪，他只好重新研究行事曆上記錄的其他打工機會。決定目標之後，又往黃昏市場的方向跑去。

一到麵攤，阿霧趕緊對老闆娘說：「可以讓我每天在這裡幫忙嗎？」

老闆娘看了阿霧一眼之後，問道：「你幾歲？」

阿霧愣了幾秒鐘，回答：「我高中一年級。」

老闆娘搖頭後說：「還沒十八歲，我沒辦法雇用你啦。」

阿霧趕緊說：「我看起來像十八歲啊。」

老闆娘又搖了一下頭。「要你父母同意，你才能來工作啊。」

阿霧眉頭一皺，囁嚅著話語說：「我媽不在了，我爸在外縣市上班。」

「那你家還有其他大人嗎？」老闆娘問。

「我，我，我一個人。」阿霧吞吞吐吐回答。

「不行，還是要取得你父親的同意。」老闆娘回應。

「我真的需要出來賺錢養家。」阿霧說。

「小弟弟，你應該只有國中年紀，說謊騙大人是不對的。你是長得很高，但是你說話的聲音還是像國小學童，我猜你可能只有國中一年級。無論如何，等你上了高中再說。」

阿霧的臉瞬間一灰，如被烏雲遮蔽，他心想：祖母一向疼愛自己，祖母一定捨不得讓自己到麵攤打工，所以絕對不能請祖母欺騙麵攤老闆娘，又不可能讓爸爸親自來同意他打工

阿霧只好放棄。

就在他看了一眼手錶時間之後，一抬頭便看見班上的阿安和別班的同學差點撞上他。

阿安嚇了一跳，衝口而出說著：「害人精阿霧，你在這裡做什麼！」

「他就是阿霧？」一個長得像大象般壯碩身軀的同學問。

一旁長得像老虎的同學則按起了自己的雙手手指，發出了令人顫抖的喀喀聲響，像是運動前的暖身。

阿安的神情似乎有些後悔，他結結巴巴說著：「阿，阿，阿，他，他，是，是——」

「我是阿霧。」阿霧回答。

阿安連忙拖起身旁那兩個猶如大象和老虎的同學們，還邊拉邊說：「大石哥，我們不要跟那種衰人在一起，萬一不幸發生意外——我們不是還約好星期日要去哪裡玩。總而言之，遇到他就不會有好事，我們還是明哲保身，趕快離開吧。」

「等等，他就是對汪阿莫見死不救的那個阿霧，我們要替汪阿莫出口氣才行。」大象般的同學說。

「大石哥，他只是個膽小鬼，又反應遲鈍。說起來，整件事都是阿熊兄弟害的，你不要把氣出在一個笨蛋身上，別浪費時間和精力啊。」阿安說完，又拉起身旁的兩位同學要離開。

只見老虎般的同學扭了扭脖子，猶如猛虎將出閘般。

阿安嚇得雙腿發軟，他不顧一切趴向了老虎般的同學說道：「表哥，我不舒服，你送我回家，舅舅還在家等我們不是嗎？」

「阿安，你是在維護那個膽小鬼？」大石哥問。

阿安猛搖頭。

「大石哥，我們是騙爸媽出來補習的，要是因為那個爛人出了什麼事，我們以後還怎麼一起出來玩。」

阿安的表哥左思右想，終於收起了張牙舞爪的神情，他拍了拍大石哥說：「我表弟說的有道理，我們還是走吧，犯不著為了那種倒楣鬼賠上性命。」

阿安和另外兩名同學總算離開黃昏市場，沒有找阿霧麻煩。

怔怔嚇了好長一段時間的阿霧，回過神後一想起仍在家中等待他的祖母，他拔腿就想飛奔回家，卻又在一剎那間，阿霧停下了所有的動作。

他回想起早上在學校也沒有一位同學肯跟他說話，放學又被熊同學欺負，方才又險些被全校最龐然大物的大石哥霸凌……阿霧想著想著就站在路邊發愣，以前都有阿莫保護他，現在他想平安度過國中，恐怕不是一件容易的事。

阿霧想起了祖母，祖母跟他相依為命，他不能受傷，也不能出任何問題，他是絕對不能讓辛辛苦苦把他養大的祖母傷心難過，為他操心煩惱……「絕對不可以！」阿霧大聲吼了出去。

阿霧慌亂地思考著祖母和他之間的回憶和學校裡的點點滴滴，他慢慢邁出了腳步，卻在大街上不知該往何處去。穿過了路邊各色各樣的招牌和LED燈泡，走過了被裝飾一大堆黃光的公園，又經過有五個紅綠燈的路口，他看見對面路邊的畫框店擺放在門外的一幅畫，畫裡的老鷹像是隨時隨地即將衝出油畫，直往阿霧的位置撲了過去。

阿霧驚得把目光投上那幅畫，他覺得老鷹身上原本金光耀眼的羽毛，不知為何逐漸染上了墨汁的顏色，從油畫慢慢成為了水墨畫，是大片的墨漬渲染上了老鷹的圖案，直到老鷹被染成了一隻巨大的黑鳥，最後剩下頭頂上的白色油畫顏料點點，隱約發光。

阿霧疑惑說著：「吉吉古斯？」

阿霧揉揉雙眼，不知不覺間走到了遠離大馬路的地方，是一條古老的石頭鋪地巷子，兩旁的房子像是土角夯成的，門窗偏小，屋子的高度有三分之一低於路面，使得站在路邊看過去，覺得屋子的高度很矮，宛如是森林精靈的家。

阿霧嚇了好大一跳，他急忙想要找路回家。

眼前一黑，一隻大鳥擋住了阿霧的視線。

阿霧只能抱頭蹲在原地，嘴裡喃喃說著：「吉吉古斯？吉吉古斯？是到了該離開的時候嗎？你要來帶我走？我是個沒用的孫子沒辦法孝順阿嬤，又害死好朋友，所以我已經不能待在這裡了嗎？就算我爸不願意照顧我，但是眼下，我只能先離開，等到長大了，我有能力，我才能再回來孝順阿嬤……吉吉古斯，這是你想給我的建議嗎？你是在驅趕我？還是要懲罰我？」

頭頂上的黑影一直盤旋，阿霧用胳臂保護著自己的頭部，僅能微微從縫隙中偷看。

「阿嬤辛辛苦苦把我養大，我不能再讓她委屈自己，把什麼好東西都留給我。反正阿莫已經離開了，我留在這裡，遲早會傷盡所有人的心。」

阿霧乾脆不顧一切，起身就往前跑，一路上，他好像有看見熊同學和鹿同學在馬路邊怒瞪他，又看見阿安、阿安的表哥跟大石哥站在對向馬路，朝他大吼著：「你害死了阿莫，怎麼沒把自己害死！」

街上的路人似乎也在看著阿霧，阿霧頓時臉脹得通紅，他只想跑走，他想保護好自己，因為他還得回家，他總有一天得回家，好好陪伴他的祖母，然後換阿霧負起照顧祖母的責任。

4 夜晚的貓

「阿嬤，我去爸爸那邊住，等我考上高職之後，我再回來跟妳住。妳一個人在家要小心，我有空就會回來看妳，妳不要擔心。」

阿霧用祖母家中的舊式卡帶和錄音機錄下了自己的聲音，接著把錄音機和卡帶放在廚房的餐桌上。阿霧只帶走背包、課本和上學用具，他的動作盡量放輕。在打開大門之前，阿霧回頭注視著從小生活的老屋，儘管一盞燈都沒有，外邊的月色也很昏暗，他依然很清楚家中每一件物品的擺設位置。

「再見了，我一定會再回來。」

阿霧輕輕打開大門，他把門關上的時候檢查了好幾次。

屋裡就只剩下祖母一個人了，阿霧十分難過想哭，他拼命深呼吸，努力把情緒壓抑了下去，便一臉寂寞地噘著嘴吹起口哨，從窄仄的巷弄中，穿過那些紅磚蓋起的平房，一路從山坡走下去。

那是山雨欲來的氣氛，阿霧聞見了水的氣味，那些像霧又不似霧的水氣，正在黑暗中飄盪成白花的花瓣，很透明的白花，幾乎可以看見水在花脈般行走著，依照固定的路線——阿霧卻不知道正把自己推向什麼樣的道路。

「這就是祖先走過的路線。」

阿霧喃喃說著，像是在回答放學前，黃老師所問的問題。

「跟溪水呈現垂直方向，就能由南到北。走Wankan（魍港）的水道也行，支流可以溝通那些由西向東的大溪，但需要耗費更多的體力。沿著山邊走，只要跟著山，就一定能從南到北，但是阿霧從來沒有走過家附近以外的山路，他突然覺得害怕。」

阿霧仍在下坡中，一路街道上閃著山茶花般顏色的橘黃路燈，遠遠他聽見了火車的聲音，他知道自己最快的走法，並不是沿著鐵路，而是順著阿霧熟悉的那些村落巷弄。古老的村子跟一般白天看見的高樓大廈，除了建材不同和樣子不同之外，也和學校附近的老社區長得不一樣。那是貌似矮小的一叢叢房子，方位座落不在道路旁，門窗也全斜向道路走向。他跟祖母走過很多次，因為祭拜媽祖的緣故，阿霧很熟悉台19線和周遭縣道的地理位置，只要跟著走，他便可以到達臺中，找到他的父親。

「遊覽車已經到了，今天是校外教學的日子。我比大家都先到，我在臺中等待我的同學，阿莫一定會感到很驚訝——」

阿霧的自言自語驀地嘎然而止，他總覺得阿莫還活著。只要阿霧回到台1線上，再鑽入巷子，就能夠看見阿莫仍然在豆漿店裡忙進忙出，還等在半夜十二點的時候，忙碌炸著油條給路過的砂石車司機吃。阿霧的感覺很真實，他真的很想立即掉頭回到台1線附近。

忽然間，空氣中的水氣越凝越重，彷彿在聚集些什麼。

阿霧一驚，他趕緊繼續在台19線上行走，片刻都不敢耽擱。

順西風，來到一條小溪的溪口，阿霧心中涼了半截，腦袋喀喀都緊急轉動起所有機關。他知道那條小溪，但是已經不存在於台19線上，他不知道小溪是怎麼出現的——難道他走上了岔路，他真的拐進了那些老到連他祖母、他的曾祖母、他的曾曾祖母都不知道來歷的那些古老村莊。

溪水聲很明顯，礙於河道狹窄，又即將進入枯水期，因此那水聲聽起來就像是水溝裡的水聲，流得很緩，水面也很淺，他估計可以涉溪而過。拿出了手電筒，阿霧確認起附近的環境。手電筒的光線不足以照得夠遠，但是也讓阿霧看見了溪流的幅度和他判斷的一模一樣，景象宛如老街那般的寬度。至於深度，阿霧很遲疑，就算丟石頭，也沒辦法確定，更何況自己已經偏離了台19線，他是否真要冒險涉水而過，他必須要斟酌。畢竟他從不冒險，因為他不能讓獨居在平房的祖母擔心。

阿霧思忖著：只好在這溪邊度上一夜，明天再想辦法。

地勢微微起伏著，阿霧小心探勘附近地形。原來平原上也有許多山丘，有些不高，比較像是土丘，有的佔據範圍很大，看上去猶如徐緩的山丘。那些山頂聽說都很平坦，因為風吹雨磨的緣故，遠遠看，像是一座座的天然城牆，守衛起一個個村莊。

阿霧聽過許多故事：往南走，雜草叢中一座座拔地而起的土丘，曾經被當作是天然屏障，據說當時有些村舍過著王國莊園般的日子。往北走，矮灌木叢中，有著許多發光的小蟲和蕈菇，跟著走，就會走上溪流的源頭……那些溪水一繞再繞，土丘都連上了真正的丘陵，一大片平坦更像是長城般的山丘則是溪水出海之前的阻攔，溪水在往北的土丘和山陵間，都迂迴似天上銀河般景致，而溪中的石頭則是無數的星星。

傳說那是中部沒有石頭人的原因。

石頭在中部是如精靈般的星星閃耀在溪底，還殘存著星星在遙遠銀河上那些很偉大很壯觀的回憶，因此不會受到法術的控制，去做出施法之人要石頭做的那些很普通的事。

阿霧回想：自己在過年期間的夜市，年年都看見石頭人跟著會法術的人，在夜市做些倒茶還是搬水果，甚至是抽紅包之類的小事，因此很多人都打賞給用石頭堆起來會移動的小石頭人。

阿霧的祖母的確跟阿霧說過，中部沒有石頭人。

「是真的要住在沒有石頭人的中部地區了。」

阿霧盤算著：跟爸爸住的日子，他可以好好去看看阿霧祖母說的，那個祖先居住過的地方。

沿著布滿露珠的小徑走，穿過了幾棵漆黑的樟樹，天上的星星頃刻間明亮了起來，新月則不知隱蔽到何處去，風從四面八方吹起，或許是受到高大灌木叢的影響，啾啾的聲音飛過樹林，清亮宏大的聲音啾啾又飛了過去。阿霧揉揉眼睛，想要看仔細夜鷹的模樣，那一隻隻有著貓頭鷹般羽毛的小鳥，長得卻像極了鷓鴣，模樣可愛直在城市中飛行……阿霧思索著：那麼我應該離村落不遠，還是等天亮，再出發吧。

聽到夜鷹和八哥的聲音之後，阿霧十分安心，他決定找一個不潮濕的地點，好好休息一下，等清晨再繼續行動。

看不見城裡的燈光，夜晚的田野溪邊仍是很熱鬧，蟲鳴鳥叫輪番演奏，偶爾有狗的嚎叫聲，遠遠有貓咪在呼朋引伴——驟然間，什麼聲音都消失了，像是集體被摀住了嘴巴，全都噤聲不語。

阿霧趕緊睜開眼睛，四周仍是一片漆黑，視力根本不管用，他得另想法子。透過空氣流通肌膚的感覺，可以得知風也停止了；鼻子動一動，有些古怪腐臭的味道正在聚集；耳朵張到最大，隱約有窸窣窸窣的聲音，不是四條腿動物經過，沒有走過又被拉扯反彈的窸窣草聲，像是一根枴杖去撥動草發出的聲音，那究竟是什麼在移動？只撥動上層草的位置，而不是由根部去擾動……阿霧想著想著，忽然看見前面有火光。因為好奇的緣故，他走了過去，隱約聽見歌聲、口哨聲和孩童說話聲，那是一隻隻貓上面各馱著一個個小孩，有男孩也有女孩，他們圍著火堆似乎玩得相當開心。

阿霧把身子壓低，也把呼吸聲放輕，難以置信眼前所看見的景物，那是童話故事裡的小精靈在開同樂會嗎？

風驟然吹得很狂，草都被壓得好低好低，樹的葉子也被颳落了一些，像是巨大的鳥翅籠罩在原本清朗的夜空中。

其中一個騎貓的小女孩仰頭，拿出枴杖念念有詞，就對那天空中巨鳥般的黑影丟去。

「吉吉古斯為什麼在這裡？」一個騎貓的男孩問。

「有什麼好害怕的，一隻偷了神的火種而淪落凡間成為小偷的鳥，跟我們的處境又有什麼兩樣。」丟枴杖的女孩答。

「吉吉古斯不會理我們的。」另一個騎貓女孩說。

「那正是吉吉古斯奇怪的地方。」丟枴杖的女孩說。

「牠在保護人類？」騎貓的男孩問。

「這附近有人類？」

丟枴杖的女孩問完，立刻拿出蕉葉一插，雙手慢慢變成翅膀，啪啪便飛上了火堆的上空，只見女孩眨眨雙眼，仍是看不清楚黑夜中的大地。她於是吹起口哨，她的座騎黑貓立刻跳上了她的肩膀後，黑貓毫不遲疑挖下了自己的雙眼跟女孩交換。

阿霧在林間草叢看得目瞪口呆，他心底清楚自己究竟是遇見了什麼，他努力克制不要畏懼發抖，然後慢慢降下身軀，試圖將自己埋沒在草堆中。

白色的衣帶上有獸毛也有木斛草的紋飾，盤旋在天空中，像是另一條銀河，另一座宇宙，只屬於魔法的世界，他們就是散毛番的煞魔仔，會施法術害人的番婆鬼。

阿霧此刻的心中對於放學前，黃老師所問的問題感到很懊惱，老師怎麼沒有提醒大家，千萬不要在夜晚學祖先拔山涉水，萬一遇到鬼怪，那該怎麼辦。

「原來在那裡！」

飛在天空的女孩指向了阿霧藏匿的方向。

「在哪裡？」火堆旁的男孩女孩紛紛問道。

「是人的眼睛，我絕不會認錯。」

飛天女孩說完，直衝進林間草堆，一把就用蕉葉翅膀挑起了阿霧，把他帶到了火堆旁，然後扔下。

「我只是迷路的遊客。」阿霧慌亂說。

「他已經不是孩子了，吃他的心臟又不好吃，太老了。」騎貓男孩說。

阿霧嚇得一直搖頭。

「看過我們嗎？」飛天女孩問。

阿霧猛搖頭。

「知道我們是誰嗎？」騎白貓女孩問。

阿霧嚇得牙齒都敲得喀喀作響。

「他一定知道我們是什麼？」騎花貓的女孩說。

阿霧沒辦法眨眼，他驚得無法自主動作，兩隻眼睛張得老大，盯著眼前宛如國小低年級學童身高的老人們。真的是老爺爺和老奶奶的模樣，他們有布滿皺紋的肌膚，身上也有許多老人斑，唯獨頭髮黝黑和牙齒堅固如利刃，一點都不像老人家。阿霧寧願自己看見的是女孩男孩，他可以推倒他們，他可以逃跑。然而眼前，那是一群懂法術的老人家，他認為自己鐵定跑不掉了。

「是不是覺得我們變矮了？」騎黑貓的老爺爺問。

一個騎花貓的老爺爺伸出右手往後，非常輕易便摸到自己的背部。

「因為我們都駝了，在這黑暗世界待得太久了。」

「沒錯，我們得撐著，不讓這幾千公斤的夜空掉下來。」飛天老奶奶說。

「是幾萬公斤。」騎白貓的老奶奶說。

「是幾億公斤。」騎黑貓的老爺爺說。

「小朋友，你覺得夜空有多重？」騎花貓的老爺爺問。

「我，我，我，不，不，是，是，不，不，不是小朋友。」阿霧結結巴巴說。

「那我們就不會吃你啦，你害怕什麼？」飛天老奶奶說。

「一直撐著這黑暗世界，真的很無聊。」騎白貓的老奶奶走向阿霧。

騎花貓的老爺爺則偷摸了阿霧的腳。

「不撐著這夜空，黑暗就會掉下來把我們壓扁。」飛天老奶奶說。

「可是一直撐著，就會有小動物小昆蟲跑進來玩。」騎黑貓的老爺爺一笑。

「我不喜歡被打擾。」騎白貓的老奶奶說。

「那還不簡單，把他變成樹，他就不會吵到我們了。」

飛天老奶奶說完，她拿起了蕉葉就往阿霧揮了過去。

阿霧很茫然，他什麼都聽不懂，只覺得一陣恐懼，他後悔自己為什麼會奔向黑夜的土丘。

5 黑狗與樹

天一亮，四周是了無生氣的小森林，阿霧揉揉惺忪睡眼，他怎麼都搞不懂半夜的黑暗森林裡，怎麼會有一個王國存在，裡頭還住著許許多多的矮小老人。那些不友善的老人家們先是對阿霧一陣拳打腳踢後，他們還想帶阿霧去夜空上的星星牧牛，又怕他把星空上的牛隻給嚇壞了，所以就找了一群樹看管他。阿霧想逃跑，後來會飛天的老婦人把他變成了火堆旁的一棵樹，一棵又黑又高大的樹木，是連他自己都搞不清楚的樹，最後他只能眨了眨他的樹葉眼睛，直盯著騎貓矮老人們的王國，漂浮在星空和樹林之間。

「原來是作夢，要不然我還在想，樹要怎麼說話。」阿霧喃喃說。

「樹本來就會說話。」

阿霧嚇得從草堆中彈跳起來。

「什麼聲音？」

「你聽的懂我說的話？」空氣中有類似松鼠的吱吱聲問起。

「你是誰？」阿霧問。

「我是樟樹，你踩在我的根上頭了。」吱吱聲音回應。

「對不起。」阿霧連忙跳開。

「你趕快走吧，這裡很危險。」

聲音說完，阿霧看見樟樹搖下了幾片葉子在他腳邊。

阿霧仍舊很茫然。

「我跟樟樹在說話？」

「你的確在跟我說話。小朋友，有多遠就走多遠。」樟樹又搖下幾片葉子。

「我要去找我爸，我正準備離開。」阿霧說。

樟樹搖了幾下。

「那麼再見了。」阿霧說。

樟樹又搖了一下。

「不要再回來了，這不是你生存的那個世界。」

阿霧點了一下頭，輕易便繞出了小森林，卻怎麼也沒看見昨夜的小溪。他鬆了鬆肩膀，認為自己可能是太累了，所以才會作夢，甚至還作白日夢——他剛才在跟誰說話，那可是一株樟樹。

怎麼都想不通，一點都不合理，阿霧暗忖著：肯定是一個老先生，一個躲在樹後面的老先生在為他指路。

再度回到了台19線上，阿霧進入了一家便利商店，梳洗乾淨之後，買了瓶牛奶咕嚕幾口喝下，他拿出地圖仔細記憶，便又踏上了旅程。

那是有很多沙洲的溪床，之前阿霧跟他祖母經過眼前這條溪的時候，阿霧他總是很好奇，西瓜到底上哪去了，明明是同一個季節，有時候看的見瓜藤，有時候又找不著。阿霧是想念那些一大早就被疏瓜下來的幼小瓜果，用瓜仔綿煮湯，鹹鹹甜甜還真好吃。

阿霧的祖母那時卻告訴阿霧，他所看見的並不是西瓜。至於是什麼瓜，阿霧的祖母說，並不知道真正的名稱，只記憶著是一種和西瓜類似的瓜果。

阿霧腦海中浮現的是梨仔瓜，以前不管是爸爸住的地方還是祖母的家，台1線上到處都是梨仔瓜，現在只能看見哈密瓜、美濃瓜，它們都不如梨仔瓜香甜多汁，口感軟綿紮實豐富著滿嘴的香氣。

隨著年紀增長，阿霧後來知道了溪床上的西瓜祕密。炎熱少水的季節，瓜果會大收，若是下雨過多，水氣充沛，瓜果就不會好吃，也不會有人特別去栽種。

今年一開始便呈現多雨的現象，阿霧在溪床上沒看見西瓜，倒是看到了鵝在划水，一群一群的鵝，阿霧才發現溪床上除了沙洲以外，還有一叢叢猶如紅樹林的小森林，鵝會去小森林那邊小憩。

「我昨天難道是走入那樣的紅樹林？」

天色實在是太黑暗了，阿霧已經不記得那些草木的長相，就連氣味也遺忘了，腦海中除了那群騎貓的怪人，他已經什麼都想不大起來。

「想也沒有用，還是別耽擱了，趕快趕路。」

阿霧打起精神繼續往前走，每走一步，他便記憶著和祖母往返媽祖廟的情況，總共會經過幾座橋呢？阿霧數著，他一邊拿出口袋筆記本想要紀錄，以防止自己又走入岔路，會無法順利到達爸爸所居住的縣市。

橋邊路邊都是八哥，是一種全身黑色羽毛，有的長著白喙，有的是黃喙，那樣的小鳥直是在台19線上跳來跳去，偶爾咕哩咕嚕叫了幾聲般，像是在跟同類說話。

風很大的時候，八哥都不知道跑去哪，等到風一停，牠們又跳了出來。

阿霧邊走邊看著路邊的木麻黃和欖李，一直分辨著是橋面還是路面，所經過的道路原本是河道或者是原始道路……他始終有些擔心，昨天晚上到今天凌晨的迷路情況。

完全摸不著頭緒，阿霧可以確定的是，自己正在朝北邊走，只要不誤入那些古老村莊。那些地域全都像是圍著某種東西而建築成圓形環形的聚落，或許是因為現代建築入侵和道路開發，早就看不出那古老村社的中心，是不是曾經有什麼讓居住者非得照那樣的建築排列。

阿霧搔搔自己的腦袋瓜。「是為了防風而設計？」

他搖起了頭，心中閃過的畫面是，當他還很小的時候，祖母牽著他走過那些聚落的時候，曾經說過很多風水穴的故事。因此那些乍看是環形圓形的聚落，也有可能是甕形、葫蘆形也有月琴形狀的，但少了莿竹和原本的分界樹木，很難從中判斷古老村落原始的真正面貌。

一想到這裡，阿霧覺得自己不能再耽誤下去了，還是得趕快到達他父親所居住的社區，那裡聽說就是個古老村社，而阿霧的祖先就來自那村社。

阿霧其實有些高興，能夠真正循著祖先走過的路徑，回到祖先的原居住地，是祖母出生的地方，他真的很想去看看，那是個什麼樣的村落。

驟然間，天色卻紅得像是喜樹的花，那是颱風來臨之前的黃昏顏色。

阿霧心想：現在是四月，沒有颱風訊息，那天邊的黃昏是怎麼回事呢？

他越走越往海的方向，只是移動的步伐越來越小，彷彿被什麼給拖住了，他想回頭張望卻如何也沒有辦法做到，他只能盯著眼前一群八公尺高的海茄苳，心裡感到十分驚愕。

「沒有看過那麼高的海茄苳樹啊？而且這一路上，應該是欖李比較多，難道我又走錯了路？」

阿霧想探頭去看馬路上的路標，怎麼就無法讓自己移動，他想低頭也不行，他想抬起腳也像是有人抓住了他的腳，他想揮手因而發現兩隻手忽然就變得十分沉重。他的手指宛若被人撐得很開很開，還倒入了許多樹葉，直搔得他很癢。哈——他想打噴嚏，卻怎麼也找不著自己的眼睛、鼻子、嘴巴就連耳朵都消失般。

阿霧一動也不動望著遠方的紅色夕陽。

「這究竟是怎麼回事？」阿霧問。

阿霧大聲喊：「救命啊，救命啊。」

阿霧一直沒看到其他人。

阿霧站著站著，彷彿也遺忘了自己原本是可以自主活動的人類。他懷著異樣的心情沉默不語在一片海茄苳樹林中，僅能瞅著周圍景致。靠近阿霧四周都是較為矮小的矮茄苳，以他為放射狀向外看，那裡的海茄苳樹高則將近要達到八公尺。黃昏的顏色逐漸由紫紅色慢慢瀰漫起藍灰色，然後是灰白色，藍得開始深藍，紅得也紅得發黑，灰灰的部分則逐漸轉變為白色，黑夜頓時降臨。

等阿霧強打起精神再度探索自己以外的環境時，不知道哪裡跑來的一隻黑色大犬，直靠在阿霧的身邊休息。

阿霧感覺到，那狗心跳起伏在肌肉上的韻律，而狗的身軀則相當溫暖，這點讓阿霧感到些許的放鬆。

「是體型相當龐大的狗，毛短，嘴巴細長，尾巴自然垂放，應該是野生犬。」

阿霧說完，突然很懷念祖母哼的那些歌曲，儘管他都聽不懂，祖母哼歌時所用的語言是阿霧無從知曉的方言，他只是依稀記得，歌詞似乎是……「與仔與麻隱……靡阿麻……思引咿珊牟起林！夜……牟起林。」

狗突然從阿霧身上爬了起來。

阿霧有些害怕，他無法動彈，萬一狗撲向他，狗咬了他怎麼辦。

那隻狗眨巴著困惑的雙眼，牠先是跑到月光下叫了幾聲。

阿霧這才看清楚，那是隻大約四隻腳著地後的身高就快要一百七十公分的大黑狗，短毛，身體修長，兩隻耳朵立得像是兩座山，模樣很接近純種土狗。

大黑狗又跑回了阿霧的身邊，牠開始向土地挖去。

「我看不見你了，你究竟要做什麼？」

大黑狗邊挖掘邊拋出泥土，阿霧這才看見。

「你想挖洞嗎？」

大黑狗左邊挖挖右邊鬆鬆，大黑狗開始拉扯阿霧的腳趾頭。

阿霧這才感到自己的腳趾頭像是硬生生被人拉得很開，頃刻間便感覺到一股酸痛刺麻鑽入。

大黑狗繞來繞去，又是挖又是拉阿霧的腳，直到用力一扯，阿霧感覺自己要被拉倒了，阿霧很緊張，他很想大叫，驀地卻只能發出啵啵聲，什麼話語都含糊不清在阿霧的嘴裡。「哭（快）要中（撞）到地麼（面）嚕（了）。」

大黑狗說時遲那時快，急忙飛撲到阿霧前，只見阿霧沉重的身軀就那麼壓在大黑狗的身上，大黑狗卻屁股一頂，把阿霧往上又拋得更遠，大黑狗則又跑向前，又是用屁股一頂，阿霧一次一次被拋動著，只是受到的力量越來越小，小到幾乎都沒有飛出去的力量時，阿霧才軟綿綿降落在大黑狗的身上，大黑狗奔跑的速度於是跟著趨緩，等到大黑狗停下了腳步，阿霧才發現自己不知為何，怎麼變成了一個樹人。

慌張中開始哭泣的阿霧，正以樹木的型態坐在大黑狗身上，他已經顧不上大黑狗要把他帶往何處，他動了動樹木雙手，又踢了踢樹木雙腳，他想揉眼睛都不知道眼睛長在哪，他覺得自己的皮膚又粗又硬，他的頭髮則一搖就掉下片片。他是一棵樹沒錯，他真的被變成一棵樹了，是那個飛天小老人的傑作，那位老奶奶施了法術，只因為嫌他吵，老奶奶就把他變成了樹。樹還是會講話啊。阿霧思忖後，他邊哭邊問：「大（待）黑（呼）狗（口），你（呂）要帶我（嗡）去哪？」

大黑狗沒有理會阿霧。

「我可以講話啊，只是說的不清楚。為什麼這樣整我，我只是不小心走入番婆鬼的地界，我又不是故意的。」阿霧心想。

大黑狗馱著阿霧走了不知道幾個小時，他們走到了一片森林，那片森林中，有個天然樹洞，星光都透過中空的樹幹灑下藍黃光芒點點。而在天然大樹洞中，竟然有一座小天池，那是前幾晚下雨所積的雨水混著泉水所形成的天然池塘，大黑狗把阿霧一扔，阿霧直掉入了小天池中。

阿霧掙扎。「我（嗡）不會（灰）游泳（影），救命啊。」

大黑狗搖頭。

阿霧一臉絕望，想著：阿莫原來是這樣死掉的。

阿霧不再掙扎，等到全身放鬆後，阿霧竟然自在漂浮在小天池上。他這才發現原來池水不深，當下便決定好好泡個澡……就在幾分鐘後，阿霧感覺手腳比較不刺痛，脖子也不僵硬了，頭也可以自由轉動，只是，他眼中的自己仍然是一棵樹。

6 少女杜鵑

大黑狗拖著半睡半醒全身還濕答答的阿霧在森林中走動，整個天空的星星都像是失速要往地面衝來般快速閃著青藍色光芒，森林裡則有橘色眼睛和紅色眼睛在看，也有白黃色的眼睛，眼睛們眨了眨後各自離開。只剩下天空的藍灰色，接著是紫灰色，還帶著點香檳金，黃白色的大鵝蛋就要出現在山頂上，阿霧看著天亮前閃耀藍白色的芒草搖曳在大鵝蛋之下，一點一點反射著那些金光，漸漸刺得阿霧都快看不清楚，阿霧本能用右手去擋住光線，才發現自己的手已經恢復正常，他趕緊檢查起雙手雙腳，又摸摸自己的五官和頭髮，他又變回了國中生阿霧。阿霧鬆了一口氣，他用右手拍了拍自己的胸脯後，也連忙順了順大黑狗身上的毛。

「謝謝你。」阿霧說。

清晨的菜市場充滿許多準備卸貨的車輛，阿霧慢慢從大黑狗身上爬了下來，大黑狗瞬間變成了一隻小黑狗，阿霧把小黑狗抱了起來。

「我們都餓了吧，一起去吃早餐。」

阿霧點了豆花配花生麻糬和一顆小饅頭，他將小饅頭沾著糖汁豆花餵給了小黑狗吃。

「我們都在作夢吧，還是得趕快回家，好好睡上一覺。」

阿霧微笑摸了摸小黑狗的額頭，驀地便停下和小黑狗玩的所有動作，他十分擔憂的臉龐似乎是因為那個很少見面的父親，他不知道他的爸爸是不是能收留他，還能不能順便答應讓小黑狗留下。

市場肉販攤位的黃色燈泡被點亮，阿霧付完早餐錢，起身把小黑狗裝進了背包，留了能讓小黑狗不時探頭透氣的空間後，阿霧把小黑狗連同背包都揹在胸前，再次踏上前往臺中的旅程。

離開市場不久，前方突然傳來「狗尾苔、狗尾苔、賣狗尾苔」的聲音，原來是一名老先生騎著老舊打檔機車在賣草藥，卻把阿霧背包裡的小黑狗驚得直打起哆嗦。

阿霧安撫起小黑狗。

「別怕，那是一種草藥，用來煮茶喝。」

小黑狗這才放心，又從背包裡探頭來，搖晃著腦袋幾下之後，便專注看著前方。

「小黑，你怎麼了？」阿霧問。

小黑狗依然一動也不動看向前方。

阿霧順著小黑狗的方向看去，那是一個女孩揹著老鷹圖騰的背包，看起來像是在跟路邊阿姨問路。阿霧覺得那女孩很眼熟，那個綁馬尾女孩的背影好像在哪裡見過。

阿霧打算走近瞧瞧。

小黑狗卻發出嗚嗚聲。

阿霧拍拍小黑狗的頭說：「別怕，那只是老鷹的圖案。」

那是個身高有一百七十公分的女孩，身上穿著白色T恤和牛仔褲，腳下的帆布鞋濕答答，可能是從下過雨的道路走來。

阿霧不禁好奇，他心想：昨夜北邊有下雨嗎？畢竟，一路從南方往北走，自己並沒有遇到下雨。阿霧低頭思索，一想起前兩夜的惡夢，他就心有餘悸，趕緊深呼吸，試著平靜一下思緒。

那女孩驀然把頭轉向後方，朝阿霧的方向看過來。

阿霧驟然一驚。

那個人竟是阿霧的同學，杜鵑。

當阿霧正打算問杜鵑同學「為什麼出現在這裡」的時候，杜鵑同學先大吃一驚，然後張口問道：「阿霧，你在這裡做什麼？」

「我才想問妳，妳不是在住院，為何出現在台19線上？」阿霧回應。

「我自己一個人出來旅行，因為過去實在是太忙於補習和學才藝，在學校的時間也沒有好好跟同學一起玩過……想不到真慘，我竟然生病了，要是就那麼一直躺在醫院，我會覺得很可惜的。」杜鵑回答。

「妳沒事吧？」阿霧問。

「你是指我一個人自己出來旅行？」杜鵑微笑。「我當然沒事，你看，我已經快走到雲林了。」

阿霧搖搖頭。

「大家都說，妳病得很嚴重，恐怕無法參加下星期的校外教學活動。」

「同學們都這麼說？」杜鵑大笑。「那是我爸媽跟老師說的吧。你看，我還不是自己來了。既然我爸媽怕我被其他同學傳染感冒，不讓我參加校外教學活動，那我就自己一個人上路，或許等我走到臺中科博館的那天，還會跟同學們來個不期而遇。」

「妳有告訴妳爸媽嗎？」阿霧問。

杜鵑眼神閃爍，忽又面露疑惑。

「阿霧，那你呢？你問我怎麼在這裡，我都還沒有問你，你不上課在這裡做什麼？」

「我要去找我爸。」阿霧回答。

「什麼意思？你不跟你阿嬤一起住了嗎？」杜鵑問。

阿霧點頭。

「我不能再增加我阿嬤的負擔，她已經養了我十三年，最近她的身體也大不如前。我想去跟我爸住，等我上完高職可以到麵攤打工時，我再回去照顧她。」

「你爸住哪裡？」杜鵑問。

「塔巴山丘，在臺中平原上。」阿霧回答。

「那是什麼地方？我不知道有這樣的山丘在臺中。」杜鵑又問。

「我阿嬤說的，她來自塔巴。我爸則住在東勢。」阿霧答。

杜鵑眨巴困惑雙眼。

「所以，你是要去東勢找塔巴山丘？」

「妳怎麼知道？」阿霧問。

「你不是跟你爸感情不好。我想你應該只是想去看看你祖母出生的地方，然後等待國中畢業的那一天，你就會像一把被射出去的箭，直飛奔回你阿嬤家。」

「杜鵑，妳怎麼會如此瞭解我？」

「是你背包裡的小黑狗告訴我的。」

阿霧低頭看背包裡的小黑狗，牠兩隻眼睛怔怔看著杜鵑，什麼聲音也沒有發出。

「杜鵑，妳會跟動物溝通呀？」阿霧問。

杜鵑只是微笑，什麼話都沒有說。

阿霧直觀察起杜鵑。她看上去嘴唇有些發白，臉色也不大好看，有些青色還泛了些黃色，感覺真的生病了。

阿霧想問杜鵑要不要休息。

杜鵑連忙說：「那我們一起出發，反正都要到臺中，我們一起旅行，好嗎？」

阿霧點了一下頭。

杜鵑轉身繼續往前走。

阿霧若有所思，走了許久才跟杜鵑說：「黃老師問同學說，以前我們的祖先是從哪裡來的？」

杜鵑回頭瞅了一眼阿霧。

「數學課問歷史問題？」

阿霧搖頭說：「是在討論校外教學的事情。」

「後來呢？」

杜鵑邊說邊繼續走。

「大家都答不出來。有人說，如果妳在學校的話，就一定能回答黃老師的問題。」阿霧說。

杜鵑回望阿霧。

「你應該能回答黃老師的問題才對啊。」

阿霧搖起了頭。

「我已經沒辦法在那個班上待下去了。」

杜鵑沉默不語，維持著向前走的步伐，一步接著一步，慢慢連呼吸聲都開始趕路般，她微微喘起氣來。

阿霧連忙上前關心。

「杜鵑，妳有帶藥嗎？妳需不需要休息，我看妳很疲勞的樣子，妳確定妳還要往前走，妳不需要回醫院就診嗎？」

杜鵑猛然大力搖頭。

「我不回醫院，我只是想要旅行，最後一次跟同學一起旅行。」

阿霧對眼前那個臉龐毫無血色的杜鵑，感到有些憂慮。

「杜鵑，妳怎麼了？」

「我沒事。」

杜鵑靠著路邊的紅磚牆，開始調整呼吸。

「妳說什麼最後一次旅行？」阿霧問。

「大家都只是過度擔心而已，沒事的。不要在醫院聽那些大人胡說八道，我的病搞不好才會好。」杜鵑勉強露出微笑。「真的。我只是因為太久沒曬到太陽，又因為臥床，現在是肌力訓練，很快的，我一定能夠去挑戰馬拉松。」

阿霧走近杜鵑。

「我不會把妳當病人看待。只是，妳現在需要吃藥嗎？」

杜鵑噗哧一笑。

「你瞧瞧，住院住太久，把我的腦袋都給住笨了。我忘記帶藥了，但是醫生也說藥物對我的幫助並不大，所以沒關係。不過我有帶地圖，我們一起來看看，我們究竟走到哪了。」

阿霧靠近杜鵑，直跟著杜鵑很是仔細研究過地圖之後，他露出十分不解的表情。

「這地圖是哪裡買的？」

「怎麼了嗎？」杜鵑問。

「和我的不一樣。」

阿霧攤開自己的地圖，卻發現地圖上的溪流又多了許多條。

杜鵑和阿霧反覆對照兩張地圖。

杜鵑拿起阿霧的地圖說：「這是古草紙所繪製的地圖。」

阿霧兩隻眼睛瞪得好大。

「怎麼可能，這是我從阿嬤家拿出來的地圖。這條路，我跟我阿嬤也常走，總共要經過三條大溪才會進入彰化。」

「我來的路上一條溪都沒有遇到。」杜鵑慌張地說。

「我遇過一條大溪。」阿霧回應。

「那我們現在到底在哪裡？」杜鵑問。

遠遠有一輛牛車駛來，嚇得阿霧跟杜鵑同時揉起眼睛。

等到他們放下手指，再度睜眼一看，道路消失了，杜鵑和阿霧兩人正踩在溪水中，那是一條幅度相當寬廣的大溪，溪床卻很淺，溪裡都是溪石，水很冰涼清澈，可以看見底下的苔蘚散出黃銅色澤，就連溪裡的魚也閃著銅般的青、綠、黃三種光。

脫下鞋子，將鞋子揹在肩上，阿霧和杜鵑捲起自己的褲管，小心翼翼涉溪水而過，天邊的雲彩卻不知何時泛起一絲一絲的紫色漣漪，讓桃紅色的落日餘暉再度像下雨般落在大地上。

阿霧忽然想起，剛見到杜鵑時，杜鵑的鞋子便是濕答答的。

「妳說妳沒走過橋，那就沒遇到溪流。難道是走來的路上，下過雨？還是踩上了水坑？」

「你為何這樣問？」

「因為剛才見著妳的時候，妳的鞋子就是濕的。」

杜鵑沒說話，只是搖起了頭，她喃喃說著：「睏了……」

杜鵑搖搖晃晃擺動自己的身軀，一等過了溪流，星星都還未出現，杜鵑卻已經累得靠上了一棵榕樹，睡著了。

7 少年倫布里

當夜晚來臨，小黑狗從阿霧的背包中跳了出來，咻的一聲，變成了一隻大黑狗的模樣。

阿霧想張口問，只見自己的聲音又開始含糊不清，就連動作也十分緩慢。

「我，我，無，這（怎）麼嚕（了）？」

大黑狗指著阿霧身後的溪流。

「唷（要）嗡（我）這（再）區（去）金（浸）拋（泡）溪水？」

大黑狗點點頭。

阿霧吃力移動著，全身就像是被人一圈一圈開始緊緊束上的雙腳，他知道自己得在完全不能動之前，走進水裡，就像是昨夜浸泡在小天池那般，到時候，他身上的緊繃感和沉重感都會消失，他又會是個正常的國中少年。

幸好離溪水不遠，等到阿霧把脖子以下都放入水中之後，沒有多久，他就像長在溪水裡的一棵樹，靜靜處在溪流讓每一個細胞都喝起水來。

大黑狗則往返溪流邊和榕樹下，一邊注意阿霧的動靜，一邊照看睡著的杜鵑。

是燈光閃過的光影，大黑狗立即警戒了起來，那燈光照射得很遠，不似火車的車燈呈現同一個水平位置直射出來，那是上上下下起起伏伏還左左右右的燈光，搖晃的光影使大黑狗本能都從鼻子發出了噴氣聲，牠的尾巴聳立，牠的耳朵都緊貼著腦袋，牠像是隨時要撲倒不明物體的靠近。

那光原本是藍白色發亮，逐漸成為範圍距離一再縮小的黃光，然後是橘紅色猶如螢火蟲般的點點微光。

大黑狗絲毫都不敢鬆懈，牠露出牙齒，不斷共鳴著鼻腔喉腔的低頻聲音，好警告那移動中的光線。

唰，像是一隻大鳥在黑夜中飛行而過。

大黑狗驟然停止戒備。

那是無數的青黃色在黑夜中，順著藤蔓開始往下滑，一點一點的光，排隊從樹藤、樹枝和樹葉都流成一條條螢光小河般。

大黑狗環顧四周，看得目不轉睛的時候。

咻的一聲，一個黑影倏忽間落在大黑狗跟前，鼻子對鼻子，那般緊靠著大黑狗，大黑狗瞬間便無法動彈。

「告訴我，你在這裡做什麼？」

黑影說完，一躍縱身跳上了茄苳樹。

大黑狗一動也無法動。

「你的主人離開了，我就是你的新主人，你為什麼要逃跑？」

黑影說完，便在樹林裡跳來跳去。

「你想再變回樹嗎？那種又黑又大的拉爾瑟，瞧瞧，你現在的模樣，你應該成為一隻小巧可愛的白獅犬，好讓我把你的白毛都剃光光，再用茜草去染，用各色去染，給我織條腰帶，也給我母親織條髮帶。」

大黑狗掙扎，大黑狗努力想要掙脫黑影的束縛，但每次一動作，就像是有無數的繩子已經繞在牠身上，牠越扯繩子越緊，牠一動，那黑影就會知道。

大黑狗很難過，牠想張嘴，牠想咆哮，牠想咬斷那看不見的繩子，牠甚至想要犧牲自己的性命，然而牠的眼角餘光掃過了泡在溪水裡的阿霧，又瞅見了靠在榕樹下睡著的杜鵑，牠必須要守護牠主人窮盡一生所照顧的那些孩子們。

那是燦爛炫目猶如藍寶石和鑽石般的光芒閃過，速度快得猶如光，那翠綠色的圓球，那紫藍色的星點，那乍然間綻放出一輪明月般的白光，在跑過大黑狗的身旁時，一條一條斬斷了束縛住大黑狗的無形繩子。

剎那間，黑夜中有異於風聲的啪啪聲響，像是那些繩子回彈中，那輪明月即刻跟上，更搶在繩子失速墜回始作俑者之前，把繩子都抓在自己手中，反繞起那藏身茄苳樹上的黑影。

明月連同黑影一躍而下。

大黑狗頃刻間露出欣喜眼神，飛也似般往明月的方向跑去。

明月又跳上了茄苳樹，一繞，縱身躍下。

剛好，大黑狗衝上前去，直是對著那散出藍白柔光的明月舔了又舔。光芒逐漸柔和成白色的霧，霧慢慢散開，那是個全身發著白光的少年，身上則穿著白獅犬狗毛所編織的短衣，還綴飾著雞毛。

「最後的拉爾瑟，你怎麼在這裡，我找你找了好久。」白衣少年說。

大黑狗興奮搖起尾巴，又舔了白衣少年幾下，然後才齜牙咧嘴面對那樹上一團小小的黑影。

白衣少年對大黑狗搖搖頭。

「拉爾瑟，他只是達夫達夫，是愛惡作劇的小精靈，你不要跟他計較。」

大黑狗仍然憤怒直瞪著茄苳樹上那矮小的影子。

「拉爾瑟，達夫達夫不可能被消滅，世間萬物都有其生存的必要性，我們要尊重大自然，因為是自然賦予所有生物性命，那是自然的旨意，也是天神的意思，你要接受。只要我們學會保護自己，不讓愛惡作劇的達夫達夫得逞，久而久之，達夫達夫也會離我們而去。所以，我們現在該做的，就是離開這裡。」

大黑狗一聽，趕緊搖頭，牠轉頭看向溪邊方向。

「怎麼了，拉爾瑟？」白衣少年問。

大黑狗連忙往溪邊跑，還邊跑邊回頭對白衣少年吠叫。

白衣少年於是跟緊大黑狗跑到了溪邊，他一看，眉頭一皺，立刻摘起溪邊的野草點起溪水，接著口中念念有詞，再把草上的水珠甩向溪裡的那棵小黑樹。

大概幾分鐘過去，小黑樹慢慢化回阿霧的身形，白衣少年才把阿霧從溪水中抱到岸邊。

阿霧迷迷糊糊中，開口說道：「你是月亮……」

「我不是月亮，我的名字是倫布里，謝謝你陪在拉爾瑟的身邊。」白衣少年說。

阿霧揉了揉惺忪睡眼後問道：「你是倫布里，那誰是拉爾瑟？」

大黑狗舔起了阿霧。

「你叫拉爾瑟，不是叫小黑喔。」

阿霧茫然順起了大黑狗的短毛。

「牠是我的拉爾瑟，是山崖邊最後的拉爾瑟，如果我不把牠變成狗，牠就會被挖土機鏟走。」白衣少年倫布里說。

「牠本來就是黑狗啊。」

阿霧搔搔腦袋，慢慢把原本斜躺在岸邊的身子，坐正起來。

倫布里搖頭後說：「牠是最後的拉爾瑟樹，是我父親留給我的拉爾瑟樹，我的父親已經返回天神的世界，他把拉爾瑟留給我，我有責任要照顧好拉爾瑟。」

阿霧難以置信指著大黑狗。

「牠，牠，牠是一棵樹！」

倫布里點點頭。

「拉爾瑟就是拉爾瑟樹，是我父親從天神世界帶下來的神樹，能夠保護所有生命，拉爾瑟樹長得相當高大，他們就像侍衛守護著我父親的住所，我父親就住在山崖邊的山洞，拉爾瑟曾經一代一代長在那山崖上。未料，最後一代的拉爾瑟，就是你眼前的拉爾瑟，當牠還是小樹苗的時候，挖土機就開上了我父親遺留給我的山洞，我為了保護拉爾瑟，只好把牠變成狗。這樣一來，拉爾瑟就能自主移動，不用擔心會被挖走。」

「那我怎麼會遇見你的拉爾瑟呢？你昨天晚上又在哪裡？難道你不知道寵物看不見主人會很焦慮？看不見主人，寵物就會以為主人不要牠了，那是多麼沮喪的心情，你知道嗎？」阿霧指責倫布里。

「對不起，我昨天晚上為了救一個女孩，所以跟拉爾瑟失散了。」倫布里說。

「什麼女孩？」阿霧問。

拉爾瑟眼睛一亮，把頭轉向榕樹下，然後對著倫布里吠叫了幾聲，就逕自跑向了榕樹下。

阿霧往榕樹下看去，發現杜鵑的身旁有稀疏的藍白色光芒點點散布著，倫布里也跟著阿霧上前去一探究竟。

「這不就是杜鵑嗎？」阿霧轉頭跟倫布里解釋。「她是我的同學，她叫做杜鵑。」

倫布里感到很詫異。

「她是我昨天晚上救過的那個女孩。」

「你救了杜鵑？」阿霧問。

拉爾瑟吠叫了起來。

「你說，早上就看見這女孩的背包沾上我的法術，原來如此，你才會保護這兩個孩子。」倫布里說完，摸摸拉爾瑟的頭。「你真不虧是我的好朋友，想要幫我守護這些孩子。」

「倫布里，你為什麼會救了杜鵑呢？」阿霧問。

「是這樣的，她昏倒了，達夫達夫想要捉弄她，還企圖把她帶往煞魔仔的地界。」倫布里說。

阿霧忍不住打起哆嗦。

「又是那個鬼地方，那裡我去過了。」

「難怪，你被變成了樹。」倫布里說。

「我真的變成樹了？我不是在作惡夢嗎？天呀，怎麼還不天亮。我真想趕快走到東勢角，我要去找我爸爸。」阿霧說。

大黑狗低吟了幾聲。

阿霧問：「拉爾瑟在說話嗎？」

「牠說，你被變成了樹，是我把你變回人類的。」

「倫布里，你會法術？」

大黑狗又低吟了起來。

「倫布里，牠有話要說，是嗎？」

「拉爾瑟說，我還會醫術，而這個女孩生病了。」

阿霧一聽，趕緊握住倫布里的雙手。

「她叫杜鵑，她好像得了癌症，但是她自己一個人偷溜出來玩，請你救救她。」

倫布里點了點頭。

「我得看看，她究竟是生了什麼病。」

阿霧心中頓時感到奇異不已，真是太好了，他竟然遇見祖母口中那個會法術又精通醫術還認識天神的少年，原來祖母說的故事可能是真的，假如這一切都不是夢的話。

8 迷走世界

紅磚房屋上的磚雕十分漂亮，彷彿每間屋子的牆壁上都養著各式各樣的小鳥，那裡還有四季綻放的花朵，而紅得憔悴的窗花則在窗櫺前等待被換上新衫的那一天。

一覺醒來，高大的拉爾瑟又變成了一隻小黑狗，跳呀跳就鑽回阿霧的背包開始呼呼大睡。

倫布里則消失得無影無蹤。

阿霧始終覺得自己可能還縮在某一處牆角熟睡，因此作上了這一場醒也醒不起來的惡夢。

杜鵑卻揉揉眼皮，推了推阿霧。「走吧，我們不是還要趕路到臺中。」

阿霧用手擋住了前方的陽光，隱約從指縫中看見了九重葛的黑刺，他連忙起身，發現自己正身處在一叢刺仔花的中央，那是阿霧的祖母說過的避邪花，可以保護身在其中的人不受邪煞影響。

「是倫布里把我們帶入刺仔花叢的嗎？」阿霧喃喃。

杜鵑又推了推阿霧。

「別貪睡了，我們正躺在某戶人家的花園中。」

「花園？」

阿霧連忙起身，撣了撣身上的灰塵，環顧四周，發現前方是一排紅磚古屋，他所站立的位置則鋪上水泥，花園中圍繞著松柏盆栽，還有些杜鵑花和梔子花樹。

「這是什麼地方？」阿霧問。

「看看門牌號碼吧。」杜鵑回答。

阿霧和杜鵑小心翼翼爬出了不知名人家的花園後，找到了一處人家的門口，才發現他們兩人還在嘉義民雄境內。

「我們得往北港的方向。」杜鵑說。

阿霧有些慌亂，他記得自己明明已經穿越了三條溪流，他即將跨過了虎尾溪，為什麼才走到民雄……他怎麼也弄不明白，或許一切都可能跟傳說中的惡作劇精靈達夫達夫有關，也可能是誤入了番婆鬼的禁地。那就像是在玩大富翁，他不小心走到了返回起點的命運，導致他才離開祖母家二十幾公里。

杜鵑和阿霧走在明明是柏油路上，卻感到是踩在沙土路面上，天氣不是很炎熱，他們的眼中卻看見黃沙茫茫的景象，腳下也有踩著石子路前進的錯覺。

杜鵑似乎不以為意，她專心看著路標。

阿霧則是回想起跟祖母生活的那些日子，他們一起走過台19線沿線那些彼此交錯的縣道，他們經過的每一間廟，他們曾經還看過牛車，他們也祭拜過牛將軍廟，他記得遇見過水牛喝水的景象，他和祖母站在朴子溪岸邊，祖母說：「現在少見葫蘆了，這個時代的人也不用再划水渡溪。」阿霧問過祖母：「阿嬤，妳會游泳嗎？」阿霧的祖母點了幾下頭。「不會游泳怎麼過溪，阿嬤是被人領養的孩子，阿嬤也曾經涉溪走了幾天幾夜才回到自己原本的家，那個家就在山腳下。那裡的土壤肥沃，還流傳著許多傳說，夜裡有無數的精靈，溪流中有比水牛還要大的鯉魚，每當我在夜裡經過溪邊，都會緊緊握著刺仔花不敢鬆手，是刺仔花讓我平安回到了臺中家人的身邊。」

阿霧回想著：最終阿嬤還是被送回臺南，繼續當甘蔗阿祖的女兒……刺仔花？阿嬤提過的刺仔花真能夠抵擋那些達夫達夫和番婆鬼的法術？沒想到，這塊島嶼竟然是如此危險，彷彿有什麼一直等在森林暗處裡伺機行動。

當阿霧一邊回想，一邊畏懼而冒出了冷汗時，杜鵑停下了腳步，開始左顧右盼，她發現並沒有其他人經過眼前這條柏油路都古老蒼白到宛如是古早石子路面的街道。杜鵑直盯著刺仔花看。

阿霧也注意到了。

「我們拔一點吧。」

「你也只知道刺仔花的用途？」杜鵑問。

阿霧囁嚅著話語說：「那，那，那個，好，好像是童話故事，反正出門在外，我們一切得小心。」

杜鵑點了一下頭後，她小心翼翼折起了路邊的刺仔花，一截放入自己的背包，一截遞給了阿霧之後，她滿臉歉意對著大門深鎖的那戶矮於路面的平房老屋，深深一鞠躬。

不知是否因為刺仔花的庇佑，一路上，他們在縣道繞來繞去抄著捷徑，總算順利進入了台19線的範圍內。阿霧頓時鬆了口氣，中午的陽光卻像是扎人的雨絲拼命落在阿霧跟杜鵑的身上，逼著他們得找地方休息。

「是時候該找家雜貨店，買些礦泉水和餅乾充飢。」阿霧說。

杜鵑點點頭，兩人在雜貨店買了水和餅乾之後，就坐在雜貨店外的騎樓休息。

「路是一年一年蓋上的，這裡的房子卻一年一年下降。」杜鵑說。

「是因為地下水位的問題嗎？」阿霧問。

杜鵑搖頭。

「濱海公路附近的新透天厝都會加高，古老的紅磚屋則早泡進了海水。」

「這裡沒有海水。」阿霧東張西望。

「很像是被圍住的內陸王國吧。」杜鵑說。

「看那村裡村外都有樹林屏障著，馬路跟我們則像是外來的不速之客。」

阿霧直點頭。

「很難想像，還有如此古老的村莊維持著。」杜鵑說。

「這樣的村莊可多了，有的像是新月型，有的像是甕的造型，還有四四方方的，當然也有葫蘆形狀，也有鳥型的村莊，更多像是西瓜被剖了八分之一、三分之一、一半、四分之三還是僅剩下一小角……我跟我阿嬤全都走過，我們用走的去拜拜，到處進香，都在台19線上附近，也進入台19甲線，那附近的鄉鎮線道也會走，我阿嬤老是怕我走得太累，我阿嬤因此利用捷徑，她就像是天生對道路有熟悉感，她不曾讓我跟她迷路過。」

「你們為什麼不坐車去進香，要用走的，那麼辛苦？」

「我和我阿嬤想省一點錢，最主要還是阿嬤認為這樣很像是她祖先在從事的活動。」

「我知道，我阿祖也跟我說過，她小時候曾習走過。我也想如我阿祖那樣，所以我想參加馬拉松，我想去走走看去跑看看，我覺得那一定是一件有意義的事。」

「那妳阿祖都從哪裡走到哪裡？」

杜鵑搖頭。

「我不知道我阿祖說的那些地名，全都是港口和碉堡的名字。我阿祖走來走去，據說是為了找尋一個古老富碩的大村落，我阿祖就來自那個村落。而我阿祖的祖先所遺留下來的生活遺跡，據說還被放在臺中科博館裡頭，我想去看看。因此無論如何，我都想參加這次的校外教學。」

「那是什麼樣的大村落，叫什麼名字呢？」阿霧問。

「好像就在這裡。」杜鵑答。

「雲林？」阿霧問。

「花舞浪。」杜鵑答道：「我阿祖的家鄉有一個美麗的名字，就叫做花舞浪。她是丘人，西拉雅稱他們為小豬，法波瀾，後來又被其他村莊稱為拍瀑拉。阿祖說他們的一生只求安穩的日子，建造和平的王國是他們的夢想。」

「妳阿祖原來跟我阿嬤一樣，他們是平埔族人。」

杜鵑噓了一聲。

「小聲一點，我阿祖不喜歡人家那麼叫她。」

「我阿嬤也是。」

阿霧若有所思了一下，說道：「我從來沒見過這座島嶼有什麼王國。」

「因為那是很久以前的事情。」杜鵑說。

「跟我們眼前的這些村莊一樣久遠？」阿霧問。

「可能更早，也許更晚。」杜鵑歪著腦袋思索。「因為我們並沒有去全面調查。相關的遺址都是在挖路基和地基時，才意外找到的史前人類遺跡。而我阿祖所認為她祖先的家，那裡早已經是一座座土坑，除了透過挖掘出的用品去理解祖先的生活方式，我們根本無法判斷，祖先從哪裡上岸，他們開始在何處生活，有沒有離開，是不是混入了其他種族的祖先，又雜居在哪些有許多人種的村莊，最後他們一起建立了什麼景象的莊園和城堡那樣的王國制度……又是因為水災還是地震？祖先的村莊到底是怎麼消失的？根本無人知曉。」

「颱風天的大水也可能沖毀村莊，我阿嬤的家鄉曾經一再遭受溪水襲擊。」

「我阿祖說，疾病才是最可怕的。」

杜鵑說完，黯然沉重起神情。

阿霧突然想起了昨夜的少年倫布里，他趕緊安慰杜鵑。

「妳知道倫布里的故事嗎？」

杜鵑搖頭。

阿霧繼續說道：「倫布里是天神的使者，也是天神的養子，他懂天神會的法術，因此可以幫助許多人。」

「你在說神話故事嗎？」杜鵑問。

阿霧用力甩頭。

「並不是神話，倫布里救了妳兩次，一次是妳獨自一人離開醫院的那天夜晚，一次是昨天夜裡。」

「我聽不懂？我們不就是累了，然後在嘉義六腳鄉附近休息嗎？」杜鵑問。

「並不是這樣的，實際上，我們遭遇了番婆鬼和達夫達夫的惡作劇，是倫布里和拉爾瑟救了我們。」

「誰是拉爾瑟？」

「牠就是天神的神樹拉爾瑟。」阿霧小心翼翼從背包中掏出了熟睡的拉爾瑟。

杜鵑的眼神充滿疑惑。

「牠是一隻小狗？」

「牠是神樹，牠負責守衛布達達旺的子民。」

「誰是布達達旺？」

「倫布里的爸爸啊？」

「那誰是布達達旺的子民？」

「我們都是啊，確切說來，應該是我的阿嬤，她是巴則海族的子孫，不過我阿嬤說，只要居住在布達達旺山下的人類，布達達旺都會守護他們。」

「我們現在是在布達達旺山下嗎？」

阿霧搖頭。

「沒有人知道布達達旺住在哪裡？好像是藤索吊橋經過的地方，那裡是一片山崖，布達達旺居住的地方很高也很平坦，看上去和山下的平原很相像，樹木蓊鬱在地勢起伏不大的地形間，但布達達旺山很高，不走繩索吊橋，就必須要會飛。吉吉古斯可以幫忙，但已經很久沒有人親眼見過吉吉古斯神鳥了。」

「你在說你阿嬤告訴你的神話故事？」

「我想，我們真的遇見了倫布里，倫布里答應過我，他會盡力治癒妳的病。」

杜鵑走近阿霧，把手放在阿霧的額頭上。

「你沒事吧？」

「起初我也不信，要不是我真的被番婆鬼變成了樹，又被倫布里拯救，我也以為我阿嬤的那些故事就只是故事。畢竟故事是以前發生過的事，沒說現在就不會發生啊。我相信我阿嬤說的，天神已經走了，但是天神的使者倫布里還在人間繼續擔任人類與天神的橋樑。」阿霧說。

杜鵑不是很贊同。

「我什麼都沒看見，我睡著了。你所說的一切，都像是在作夢。」

「妳認為，現在所發生的一切，都只是妳的夢境？」阿霧問。

「我們還是趕快上路吧。」杜鵑回應。

阿霧小心翼翼把拉爾瑟放回背包，把背包揹好之後，也準備出發。

「那我們就靜待今夜又會發生什麼事情。」

杜鵑一臉冷漠。

「到時候，我累了就會睡去。」

「那不是夢。」阿霧堅持。

「隨你吧，反正我們該走了。」

9 爬山

夜裡的星星像霓虹燈閃爍，獵戶座的腰帶鑲滿了寶石，大熊星座和小熊星座像是一盞一盞的小燈籠，星星充滿彈珠的顏色滾在夜空中閃閃。

阿霧和杜鵑進入了夜市，他們點了炒麵和關東煮，便茫茫然不知該前往何處休息。只是眼睛盯著那些用牌尺敲彈珠的古老釘子彈珠台，他們兩人看得出奇，又望向一旁有個奇幻的小舞台，大概只能容納兩個人上台，舞台後邊則擺滿許多草藥和神像，台上有一個人穿著奇裝異服，拿起麥克風開始吆喝。

阿霧和杜鵑瞬間都聽不清楚，他們覺得麥克風的聲音太過刺耳，周遭環境又過於吵雜，然而令兩人訝異的是，夜市裡的語言驀地就成為從來沒見過的花朵，比黃脈莿桐還要鮮豔大朵的奇花，可能是熱帶植物長出的紫藍色龍膽花冠般大花，一朵朵閃著螢光的巨大荷花，那些語言的聲音時大時小，時而溫和軟呢，瞬間又狂風暴雨，配合著夜市裡的螢光粉紅、螢光紫藍和螢光青黃，阿霧和杜鵑感到十分不適，彷彿在狹小舞台上表演的泥人，忽然間從四面八方開始包圍起他們兩人。

杜鵑驚愕而導致昏厥了過去。

阿霧抱著杜鵑也不知道該往哪裡逃去。他只好連忙拿出口袋裡的刺仔花，他發現那些泥人瞬間都排排站好，然後一個個倒下，在夜市的道路上。阿霧見狀心想：很像是阿嬤童年看見的麻雀屍體，一整排的麻雀屍體，無論走到哪裡都看見的麻雀屍體，然後阿嬤好像有了什麼樣的轉變……阿霧嘀咕著：「那我現在該怎麼辦？我不能一直被番婆鬼和達夫達夫作弄，我一定要去找爸爸，我要平安無事，我還等著兩年後，能夠跟阿嬤團聚。」

天空中大鳥的影子再度出現，阿霧抬頭。

「吉吉古斯嗎？請救救我和杜鵑。」

點滿黃色燈泡的夜市突然變得明亮起來。彷彿是溪水洗進了夜市裡的泥濘，滿地的小泥人也消失蹤影。夜市的走道瞬間則成為了河道，讓晶瑩的河流通過，在藍白色朦朧光暈下，那些像是河流的風，是流動的光，帶來冰涼涼的感覺，卻沒有水氣的黏膩，很像是一件巨大的披風拂過了這座夜市，接著魔術機關打開，夜市成為了寂靜的土角村莊，土角房屋都插滿竹釘固定，一堵一堵的牆凹陷凸出在走道兩旁，看起來像是一座巨大的迷宮。

倫布里緩緩從藍白色光霧中顯現出來，他直拉著阿霧走。阿霧低頭看著雙手環抱住的杜鵑，阿霧的背包驟然竄出了巨大黑影，是拉爾瑟馱起了杜鵑開始跟著倫布里前進。

「我們要去哪裡？」阿霧問。

「去找我父親。」倫布里轉頭對阿霧微笑。

「布達達旺天神已經回天上的家了。」阿霧說。

「只有我父親才能解除番婆鬼在你身上烙下的痕跡。」倫布里回應。

「我今天並沒有變成樹。」阿霧說。

「那是我施的法術，並不能根除，只能暫時抑制。」

「那你就常常來給我施法術，這樣一來，我到了晚上都不會變成樹啦。」

倫布里搖頭。

「看見這座夜市了嗎？」

阿霧點頭。

「只要咒語還在，番婆鬼就會找上你。」

阿霧有些擔心問道：「那我們該往哪裡去？」

「摩里遜山，布達達旺的山來自摩里遜。」倫布里回答。

「我，我已經出門太久了，我怕我阿嬤在我爸那裡找不到我。」

「阿霧，被番婆鬼殺死的話，你阿嬤肯定不會原諒你的。」

阿霧愣住了，他不知道該怎麼回答倫布里。

「能讓阿嬤快樂的方式，就是好好活下去，這不是你心中所願。」倫布里說。

「我真的進入了番婆鬼的禁地？雖然不想相信，但是因為你活生生出現在我眼前，雖然只限夜晚現身。我猜你那麼做的原因，應該是在防止人類誤入番婆鬼的世界。」阿霧仍是很吃驚望著倫布里。

「這麼說，你相信我。」倫布里說。

「我相信你一定很想達成你父親留給你的任務，要不然你不會想帶我和杜鵑去找你父親布達達旺天神。」

「你覺得我父親會幫助我嗎？」

「布達達旺會幫助我們。」

倫布里望了一眼拉爾瑟背上的杜鵑，顯現落寞的眼神。

「我的能力有限。」

「這不是你的問題。我們都只能盡力做到我們自己能夠做的範圍。」

「比起我父親，我是個很差勁的守護者。」

「倫布里，你是個聰穎又努力的少年，我很感謝你從來沒有離開過布達達旺守護的土地。」

「我只是個被遺忘的故事。」倫布里邊說邊垂頭喪氣。

阿霧趕緊走上前拉住倫布里要往前走，那瞬間，真正的月光像是花瓣飄落在阿霧和倫布里身邊，呈現蘋果紅一樣的光線。

阿霧笑得很開心說道：「倫布里，我們先去找你父親，再去找我的爸爸，請你保護我和杜鵑，謝謝你囉。」

倫布里這才恢復信心，他指著前方。

「不要被番婆鬼給矇蔽雙眼，我們所走過的路徑都是森林的範圍，那不專屬於番婆鬼，那裡還有許多神奇力量，只要不害怕，我們一定能夠走到摩里遜山，去等我父親給我們啟示。」

北緯二十三點二十六，東經一百二十一點零八，高度一四零七六點二一六尺，由黑色粘板岩構成，位於一四〇〇〇尺高的植物相布滿鐵杉和扁柏，箭竹林在那之下，高達兩百公尺遮蔽著所有通往摩里遜的道路。

亮閃閃的岩石在那遙遠高山上晶瑩剔透著冰一般的光芒，更多是金色帶點銅色還灰銀銀發光，阿霧看的目不轉睛，他覺得眼前的月夜就像是白日，把景致都曬得濁亮亮到刺眼。他忽然覺得黑夜沒什麼可怕的，就算是只有他一個人行走，累了就找間廟休息，他一定能跨過雲林，走進彰化，一路到達台1線。只要沿著台1線走，先跟同學們會合，完成杜鵑的心願，也讓自己跟同學們作最後的道別。他轉入台3線就會走進東勢，沿途他會看見阿嬤說過的鯉魚精怪和石頭堤岸，還會遇見許多大樹老公公，或許更往北邊，他沿著大甲溪跨入大安溪流域，他就能找到塔巴山丘。沿著塔巴山丘，依著山勢往南折返回臺中，那是一片平坦的山丘，上面布滿紅土，有無數的蚱蜢和蝗蟲在路面上行走。只要緊跟著就能蜿蜒上台地，往下進入山丘坑谷的時候，會遇見某王國的遺跡，藏身那被風吹得矮於旁邊一壟壟土丘的樹林間，乍然出現的平坦莊園，那腳下所踩的更深處，如果沒有被祖先遺棄——被破壞了的城牆都不知倒往何方，但山下那一處又一處的碉堡在遠方，遙遠的南邊，那些看起來近乎天然的村落，卻記錄下同一時間，祖先是怎麼生活下來的。

沒多久，阿霧熟悉的笨港溪都落在遠遠的後方。

樹林間呼應著星空的藍白色光芒，有芒草順風搖曳拂過倫布里一行人的身邊，彷彿他們走入峽谷，又進入溪谷中的曠野，趁著夜霧籠罩，又靜悄悄出了溪床，往平疇過後的高台上走去。

沙沙聲突然傳來。

阿霧愣了。

「那是什麼聲音？」

倫布里也停下腳步。

拉爾瑟也跟著豎起了耳朵，專心觀察環境。

咕嚕，咕嚕。

「是水聲。」阿霧有些驚慌。「土壤在下陷嗎？我們得快點離開溪流的範圍。」

「現在仍是春天，雨季還未真正到來。」倫布里回應。

「我們已經走上了秋風颯颯的季節了。」阿霧環伺夜晚的山林。「這裡是山區，什麼時候下的雨，山下根本不可能知道。」

「你在擔心什麼？」倫布里問。

拉爾瑟對倫布里吠叫。

倫布里恍然大悟。

「你怕水？你有個朋友叫做阿莫，他是溺水死掉的。」

「你怎麼知道？」阿霧顯得有些慌張。

阿霧雙手緊抓起自己的頭髮。

「我不是故意的，我真的不知道該怎麼辦，我看見溪水流走了阿莫，阿莫用力推了阿熊弟弟一把，阿熊弟弟被溪邊的漂流木勾住了，阿莫卻伸手抓不到任何漂流木。」

阿霧緊閉雙眼，搖起了頭，他再度張開眼睛後，又繼續說：「我完全沒辦法把目光從阿莫身上移開，我得記住他漂流的方向，我想等人來救他，我一定要記住阿莫的去向。」

阿霧又舉起雙手抱住自己的頭，一臉懊悔。

「我應該找找旁邊是否有竹竿可以撈起阿莫，但是我卻眼睜睜看他被流走。我說了，我跟大人們說過了，阿莫沒有往下游去，那裡有漩渦，我看見阿莫是被漩渦帶走的。沒有人相信我說的話，他們一直往下游找去。」

阿霧整個身子都癱軟在高台上。

「阿莫的爸爸趕到了現場，他還用力抱緊了我，他認為我嚇壞了。我以為他會責怪我，但是他卻緊緊抱住我，他鬆手的時候，我也跟著倒在溪邊，阿莫的爸爸一直對著天黑的溪水喊著阿莫的名字，阿莫卻再也沒有回答他。」

倫布里走上前去，他攙起阿霧。

「已經過去了，我們繼續前進。」

阿霧喃喃說著：「我爸不會那樣對我，我爸不會抱我，我爸也不會到溪邊找我。」

「父親總會教我們許多事。」倫布里說。

阿霧冷淡說著：「我爸沒教過我，陪伴我長大的人是我的祖母。」

「那就看在你祖母的份上，相信你一定也能從你父親那裡學到東西。」倫布里說。

阿霧點點頭。

一行人直順著溪流往上走去，在長滿芒草的山崖邊找尋能夠離開河床的道路，畢竟河床彼此間的下切距離太大，沿著河谷走會浪費許多體力，倫布里一下子蹲一下子站，一會兒抬頭一會兒俯在地面上。

嘩啦啦，嘩啦啦。

阿霧又聽見了水聲。

拉爾瑟也警戒起來。

倫布里頓時臉色大變。

「是普瑪帶著大水下山了，我們得趕快避開普瑪行經的道路。」

「誰是普瑪？」阿霧問。

「別說了，拉爾瑟聽我的咒語。」倫布里說完，開始念念有詞。

拉爾瑟便開始長大長胖，先是像一頭水牛那麼寬，又逐漸長成了大象的尺寸，然後又幻化成猶如恐龍般的高壯。

倫布里一把抓起阿霧就往拉爾瑟身上甩。

「全速沿著箭竹林往山頂衝去。」

拉爾瑟嚎叫了一聲，低頭便開始爬山，一腳踩上了天然的大岩石，另一腳攀著古石平臺，一腳正在涉溪偏離河流位置，一腳還在溪水中觀望大水上漲的程度。拉爾瑟動動耳朵，扭扭脖子，鑽過森林，又嗅起箭竹林的氣味。

後方的水聲則有增無減，嘩啦啦像是一頭猛獸在奔跑。

拉爾瑟小心踩過人造步道，又越過了高大的腐木，試著咬住粗壯的樹藤，好借力使力將全身重量給拉到一塊距離較遠的岩石平台上。

阿霧緊緊扣住了杜鵑並抓住拉爾瑟的黑毛，無意識向後張望的片刻，才發現身後不知何時，已經是汪洋一片。

那些水都像是冬天的大霧，慢慢沉沒了方才一行人走過的路徑。

「水是往下流的，我們現在安全了嗎？」阿霧問。

「普瑪會從四面八方開始襲擊。」

倫布里說完，繼續聚精會神指揮著拉爾瑟的行動，只見拉爾瑟用咬起樹藤，一瞬間就把身軀都盪到了山崖邊。

「爬吧，拉爾瑟，我們就快要到摩里遜山了。」

「大水男神的鰻魚會被螃蟹剪斷的，所以不用那麼驚慌。」阿霧思索後說完，突然感覺冰涼的水氣竟是從前方襲來，那透明的波浪直在拉爾瑟身上打起了美麗的亮光。

「看來，我說錯了。在螃蟹想吃鰻魚之前，大水男神會把水灑得到處都是。」阿霧更加驚慌抱住了杜鵑又抓緊著拉爾瑟的黑毛，他渾身連發抖的力氣都不敢浪費，直是集中精神看著山崖上。

「已經沒有人祭祀普瑪了，他們變得無處可去，因此常常帶著大水到處旅行。」倫布里說。

「我阿嬤說的大水男神，是不是就是你口中的普瑪？」阿霧問。

「就是那位莽撞的神祇，除了我父親之外，根本沒有人能夠控制普瑪的行為。」倫布里答。

「那絕對不是你的錯。你的工作是溝通和報告，我相信你父親不會怪罪你的能力有限。」阿霧安慰倫布里。

「或許，我父親應該把我帶走，我覺得自己根本一點忙都幫不上。」

「倫布里，你不是正在幫助我和杜鵑嗎？你是巴則海最勇敢最有智慧的少年。不像我，我只能躲在拉爾瑟的身上，什麼也不能做。」

「阿霧，你現在不也是努力在幫助杜鵑，你也一樣勇敢。」

阿霧低頭看了熟睡中的杜鵑，他的心中仍是十分疑惑。

「別多想了，大家抓緊，拉爾瑟準備跳躍，山頂已經就在眼前。」

阿霧壓低身子，也壓住了杜鵑，讓雙手緊貼著拉爾瑟之後，只見拉爾瑟奮力一跳。阿霧原本想閉上眼睛的，呼呼風聲中，他看見山下的大水已經把道路甚至是鐵路都淹得面目全非。彷彿一切又回到了原始森林的模樣，河川到處亂切亂竄，直到河道形成，兩旁的樹木又恢復生機，野草叢中開始有瘦小的動物能夠活動，土壤不再泥濘下沉，而是充滿彈性支撐著山林生態。

10 摩里遜

倫布里嘆氣問道：「我父親會回來嗎？」

山頂上的風使人寒冷，星星變得比山下更加遙遠，那些紅色是逝去已經很久很久的星星，在山頂上卻比那些已經轉為黯淡的藍白色星球，顯得更加明顯閃爍在天空中。

「這裡是過去你父親所居住的地方？」阿霧問。

倫布里點頭。

「我父親叫我不用想念他，他會在星空裡一直注視著我。」

「那我們來揮手吧，朝星空揮手，你父親一定能看到你。」阿霧提議。

倫布里看了阿霧一眼，當他抬頭望向黑夜的時候，原本想揮手，卻突然縮住了手。他似乎在假裝堅強，阿霧感覺到倫布里正在忍住不哭。

「我很想念我父親，他教會我許多事，我不能讓他失望。」倫布里說。

「你沒有讓你父親失望，你成功把我們帶上了摩里遜山。」

「這裡現在叫玉山。」倫布里很是失望坐在山頂上。

「這裡是你的摩里遜山。」

阿霧撿了塊板岩碎屑塞入倫布里的手中。

「如果能讓這世界都得到幸福，我父親願意為這世界做任何事。然而究竟什麼樣的幸福才是這世界想要的呢？」倫布里問。

阿霧露出欽佩的眼神。

「倫布里，你好厲害，你正在做你父親沒有完成的事情。」

「我鬥不過番婆鬼的，他們身上繼承著神的法力，只是他們迷失了。」

「倫布里你還是救了我，像是剛才，如果沒有你——」

倫布里打斷了阿霧的話。

「我只會逃跑，我根本無法讓普瑪不要變成番婆鬼。」

倫布里失望極了，他將臉都埋進了雙腿間。

「我們沒有能力控制別人成為什麼樣的人，但是我們自己可以決定成為想變成的那種人。」

阿霧拍了拍倫布里的肩膀。

「我也只會逃跑，因為那是我唯一能做的事。」

「無法選擇其他決定嗎？」倫布里問。

「我不知道。」阿霧輕搖起頭來。「目前為止，我認為這是對我和我祖母最有幫助的事。」

「但願那真的能幫助你。」

倫布里抬起頭來，對阿霧露出感激的眼神。

東方的日出頓時像是一隻巨鳥，緩緩啪啪揮舞起翅膀，摩里遜山四周漸漸像是水晶宮殿被點亮，石塊都宛如華麗的大門，杉樹是侍衛，摩里遜山裡的花草動物都像是賴床的小公主和小王子，遠遠有水鹿像是侍衛長在查看阿霧一行人的動靜。

靠在拉爾瑟身上的杜鵑打起了一個好大的呵欠。

隨著日光降臨大地，巨大的拉爾瑟又開始緩緩縮回成一隻可愛的小黑狗。

杜鵑隨著拉爾瑟的變化，身子也跟著傾斜，就在拉爾瑟全然變成小黑狗的瞬間，阿霧拉住了杜鵑，倫布里則是抱起了小黑狗。

「辛苦了，拉爾瑟。」

杜鵑眨眨眼。

「阿霧，我們走到哪裡了？」

「玉山。」阿霧回答。

杜鵑揉揉惺忪睡眼。

「水里的玉山遊客中心嗎？我們走了這麼遠？怎麼會？奇怪，我們為什麼會走入山的方向？」

杜鵑鬆鬆肩膀，讓自己的身體坐正。

「別開玩笑了，我認為我們應該在雲林的某處廟宇內休息。」

杜鵑又打了個呵欠，伸伸懶腰，她這才完全清醒。

「這是什麼？好冷的空氣。」

杜鵑哈啾打了個噴嚏，還連忙搓起自己的雙手。

「怎麼到處都是石塊，除了雲和樹就沒有其他東西，這裡究竟是哪裡？」

「是玉山。」阿霧說。

「怎麼可能，我們花一夜的時間，就從嘉義和雲林交界走上了玉山？」杜鵑眼睛因驚怖而睜得老大。

「阿霧說的沒錯，我們目前位於我父親的摩里遜。」倫布里說。

「你又是誰？奇怪了，為什麼那麼多人出現在我的夢中？」杜鵑問。

「小姐，如果這裡是妳的夢境，那妳覺得妳自己又為什麼會出現在這高山上？」倫布里反問。

「因為我想出去玩。」

杜鵑回答得一臉理所當然。

「那麼妳認為沒有作夢的自己，現在又位於何方？」倫布里繼續問道。

「我在台19線上，我應該是昏倒了。」杜鵑回應。

「妳確定自己不是在醫院？」倫布里問。

「因為我真的走出了醫院啊？」

杜鵑的聲音聽起來有些遲疑。

「所以我們就一起來到了玉山啊。」阿霧說。

「玉山？我不是正要前往臺中的科博館？」杜鵑問。

「因為布達達旺也許可以醫治妳的病。」阿霧回答。

「誰是布達達旺？」杜鵑問。

「我的父親就是布達達旺。」倫布里回答。

「原來如此，那個天神布達達旺，還有你就是天神養子倫布里。」杜鵑按住了自己的額頭。「我鐵定還在作夢。」

「我們真的在等布達達旺解除我身上的咒語和拯救妳的疾病。」阿霧說。

「那布達達旺呢？布達達旺不在塔巴山丘，在玉山做什麼呢？」杜鵑問。

「因為山下已經沒有山了，這裡離天空最近。」倫布里說。

小黑狗拉爾瑟則像在說夢話般，嗚嗚了幾聲。

「拉爾瑟說什麼？」阿霧問。

沒等倫布里回答，杜鵑一臉疑惑回應說：「牠說，牠最後的家就在摩里遜，牠們逃跑了許多地方。」

「杜鵑，想不到妳不僅成績優異是班上第一名，妳還連動物的語言都精通，我實在太佩服妳了，妳不虧是名符其實的才女。」

阿霧對杜鵑獻上一個敬禮。

杜鵑有些不好意思。

「我不懂動物的語言，我只是認為小黑狗是在說人的語言。」

「妳能聽懂古語？」倫布里相當好奇。

「古語？」杜鵑問。

「是很古老的語言，通用於各生物之間。」倫布里解釋。

「我不知道。反正真想聽懂對方想說的話，應該就都能夠聽懂吧。」杜鵑回答。

阿霧忍不住嘆氣。

「那可不一定，我以前都跟阿熊阿安他們說人話，他們還不是照樣欺負我。」

「那是因為他們根本不想聽你說話，他們一心就想知道你膽小的程度能夠達到什麼樣的地步。」

「我是為了保護好自己，才不會讓我阿嬤擔心。」

「他們又不知道你的用意，他們大概認為膽小的人好欺負。」

「那我該怎麼辦？我不想跟他們吵架，也不會打架，更不想去報告老師，讓他們認為我喜歡當抓耙子（愛打小報告的人）。」

「我還是覺得要跟老師講，黃老師是會協助你的那種人，你大可不用擔心。不過也怪你，大家都同班快一年了，你是什麼樣的人，大家都不清楚，有關你的家庭狀況，要不是這趟旅行聽小黑狗說，我都不知道你家問題還真大。」

「大家都在忙補習，我根本沒辦法有時間跟大家好好相處。」

「上課時間也能相處，只要你不要擺出好像很害怕的模樣，同學們應該就會跟你處得很好。」

「已經不可能了。我害死了阿莫。」阿霧邊說邊發愣似的不再說話。

「那麼你是已經決定好了，要去投靠你那個會家暴的爸爸囉？」杜鵑問。

阿霧坐在岩石上，沒有搭理杜鵑。

倫布裡面露關心，看著阿霧。

「阿霧，等我父親出現，我一定會幫助你的。」

「那你父親現在於何處？」杜鵑問。

倫布里抬頭看天空中的白雲。

「我們在空等，我們在浪費時間。」杜鵑有些氣惱。「我已經沒有時間了，我一刻都不想浪費在這高山上，只為了空等一位早已離開的天神。」

「那妳的病怎麼辦？」阿霧抬頭問。

「那你自己怎麼辦？」杜鵑反問。

「我已經長大了，我會保護自己。更何況，我爸過去只打過我媽，我媽走了之後，聽說他脾氣也改了不少。」阿霧回答。

「好，那我就去我的科博館，這是我旅行的目的。你就去東勢找爸爸。至於倫布里，你要繼續在玉山等候你的父親嗎？」

倫布里搖頭。

「不行，保護你們是我的責任。」

「那你不等你父親了？」杜鵑問。

「我父親一定會贊成我這麼做的。」

「那好，天神之子請照我剛才所說的去做，把我變到科博館吧。」

倫布里搔搔腦袋。

「抱歉，我只能送你們到山下，接著我們必須靠自己的力量走到科博館。」

杜鵑聽完，很是失望。

「為什麼？」

倫布里一臉尷尬。

「因為我只能在相信我的世界裡施展法術，城市裡有太多相信和不相信的念頭，我在那樣的地方就只是一個普通的少年。」

「好吧，既然決定一起離開，那我們現在就回到山腳下，去完成我們各自的心願。」

倫布里點點頭，他回頭望了一眼山頂上的天空。

阿霧見狀。「你父親是天神，他無所不在。」

「我父親不會再回來了，對不對？」倫布里問。

阿霧拍了拍倫布里。

「總有一天，你會回到你父親的身邊。」

倫布里用力點了一下頭，他順了順懷中拉爾瑟的黑毛，便口中念念有詞起了一陣白霧，把阿霧和杜鵑團團圍住。

11 番婆鬼的王國

「其實我以前和我阿嬤曾經到過玉山，順著山路從阿里山往上走，就那麼一邊發抖一邊走著，路上全都結霜，我和我阿嬤走得相當小心，四隻手靠著工作手套保暖，我和我阿嬤緊牽著手，兩人身上都只有棉布厚重外套遮風，還是一邊講故事一邊歡笑一邊上山，儘管等我們走到了登山口時，早已經冷得受不了。」

阿霧的聲音飄得好遠好遠。

「誰載你們下山的？」杜鵑問。

「一輛好心的遊覽車。」阿霧答。

杜鵑搖頭晃腦思索起來。

「為什麼拉爾瑟會知道阿霧那麼多事？」

倫布里搖搖頭。

「牠也許一直跟著阿霧。」

「你跟拉爾瑟才分開了一個晚上，怎麼拉爾瑟就如此瞭解阿霧呢？」杜鵑問。

倫布里笑了笑。

「對你們而言，只是一個晚上。對我和拉爾瑟來說，已經是十幾年過去了。」

「那我和阿霧跟你們走在一起，不就會發生浦島太郎的悲劇？」杜鵑吃驚大聲問。

倫布里微笑。

「你可以去翻看看報紙，不就知道此時此刻正確的時間。」

杜鵑深表贊同倫布里的意見，她趕緊在街上找尋便利商店，忽然間卻對那窄仄的巷道感到恐懼。

杜鵑回頭問：「拉爾瑟說，要小心古老的聚落。」

「現在是白天，而且並不是身處在古老聚落，應該沒那麼容易遇見番婆鬼和達夫達夫搗蛋。」倫布里說。

「為什麼？」杜鵑問。

「因為番婆鬼無法靠近人多的地方。」倫布里低聲說道。

「也就是說，如果聚落一直有人活動，番婆鬼就無法靠近。」杜鵑想了又想。

「等等，會不會番婆鬼其實是死去的居民變成的。」

「不只是人，就連神也會變成番婆鬼。任何生命都會，一旦感到畏懼，覺得孤獨寂寞，遭受了傷害……久而久之，番婆鬼不知道自己為什麼成為番婆鬼，也不明白番婆鬼究竟該做些什麼事。其實，番婆鬼有想守護的東西，只是隨著歲月流逝，他們早就在漫長等待中，忘記了自己的責任。」

倫布里才剛說完，後方卻傳來了低沉的聲音問道：「請問現在是什麼時間？」

阿霧走過去，他打量起眼前這位穿著老舊黑色西裝的老先生，老先生臉上布滿了白色的鬍渣，老先生的顴骨相當突出，眼眶大而圓，眼睛卻皺成了豆子般大小，兩頰的肉看起來曾經猶如圓鼓鼓的雞蛋綁在臉上，現在看上去卻是掛著兩塊肉排。

阿霧眨了眨眼，才低頭看手錶。

「是早上八點十五分。」

杜鵑則從雜貨店架上的報紙看見日期。

「是四月十六日星期六。」

「星期六，是很美好的日子。」穿著黑西裝的老先生點點頭，他轉身緩緩邁出步伐朝著騎樓外的郵筒前進。

阿霧這才發現老先生從郵筒旁推出了一輛買菜的藍子車，金屬色澤白亮亮映起周遭街道的景色，竟是灰撲撲直布滿土黃色在街上每間一樓半高的店面，而那些店面的二樓空間從外觀上看起來相當狹窄，皆像是由一樓隔上去的閣樓空間。至於周圍的羊腸小徑街道巷弄也灰冷冷團團繞在店面四周。更往街的盡頭走去，那些斑白紅磚平房的低矮模樣就宛如遠古矮人的家一般。

老先生推著菜籃車邊走邊說：「已經到達彰化地區了。」

「老爺爺，您是從哪裡來的呢？」杜鵑問。

「我是製作地圖的地圖師。」老先生說到一半，趕緊從菜籃車抽出一幅地圖。

「這就是我繪製的地圖，我剛畫了這島嶼的沿海地圖，還有許多地方都沒有去過。」

「老爺爺，請問您是從何時開始繪製地圖的呢？」杜鵑又問。

老爺爺搔搔腦袋。

「關於這個問題，我已經記不清了。很久以前，我是跟著日本長官來到這塊土地，我走過的村莊似乎都聚集在沿海一帶，也去了一些通往高山必經道路的沿途村莊。實際上，我走過的聚落很少，遠遠不及荷蘭登記資料上的十分之一。」

「老爺爺，難道你現在仍然進行著繪製地圖的工作？」杜鵑問道。

老爺爺點了點頭。

「因為這是我畢生志願，我想記錄下完整的聚落位置。」

阿霧一聽則從背包中拿出了中部地圖和南部地圖，一把就遞給了老先生。

「老爺爺請看，現在的地圖很詳細。你只要去書局買，就不用這麼辛苦，還一個人在大熱天推著車子在各村莊間走來走去。」

老爺爺一看，心裡十分驚訝。

「這是什麼地方的地圖呢？」

「老爺爺，我指給你看，我們現在的位置在竹塘往溪湖的方向。」阿霧答。

老先生的神情似乎很失落，他沉默地從菜籃車拿出了自己親手繪製的地圖。倫布里微微瞄了一眼，那地圖並沒有繪製經緯線，也沒有著色，只有標示著個村落的名字，還有該村落的特產、動植物生態和地形資訊。

「老爺爺的地圖很有趣。」倫布里說。

杜鵑和阿霧靠過去看。

「好神奇，在這張地圖上，祖母的家鄉怎麼離祖母現在的家這麼靠近。」阿霧說。

阿霧背包裡的小黑狗也嗚嗚幾聲，由背包探出頭來看。

嗚嗚……小黑狗面有難色，牠有些焦慮，牠張望著求助的眼神望向倫布里。

倫布里卻十分鎮定看著地圖，然後又從容觀察起附近環境。

這下子，小黑狗可急壞了，牠想吠叫卻不敢聲張，牠著急的情緒都把臉給脹紅了，小黑狗感覺就快要憋不住氣，牠疑惑著該不會就只有牠發現那張地圖的祕密。小黑狗不管了，牠想大聲吠叫警告大家注意。倫布里瞧見了，他趕緊把小黑狗從阿霧的背包中抱了出來。小黑狗被抓住的瞬間，只是嗚嗚了幾聲，沒有真正嚎叫。

「拉爾瑟怎麼了嗎？」阿霧詢問著。

小黑狗一聽，怔得不敢眨眼。

倫布里則趕緊一手扣住了阿霧和杜鵑，一手抱住了老爺爺和拉爾瑟。

眾人一時間也感受到不尋常的氣氛。

街道仍是灰濛濛的清晨模樣，柏油路彷彿已經十幾年沒有汰換，四周種滿許多檳榔樹和果樹，茄苳樹矗立在村口的圓環上，土地聞起來濕濕鹹鹹的味道，腳下的路面藏滿許多舊有河道，有的仍有水流過，有的早已乾枯，不遠處園子裡一旁的獸籠則關著許多梅花鹿，還有大大的鳥籠放置在教堂裡，裡頭有帝雉、竹雞、藍腹鷴和黑羽毛的雞。

杜鵑在第一時間發現。「雜貨店不見了。」

倫布里示意眾人不要出聲。

「我來過這個村莊，怎麼又走回來了？」老先生很是疑惑問著。

小黑狗輕啼了幾聲，眼珠直盯著老先生手中的地圖。

「聰明的小黑狗，你是說，我被困在這張地圖之中？」老先生問拉爾瑟。

拉爾瑟搖起尾巴。

倫布里則搖頭後說道：「是被困在這個村莊裡頭，才會因此一直重複畫著同一張地圖。」

杜鵑心裡頭有些激動。「這下可好了，我們真的遇見了浦島太郎，那張地圖就是龍宮公主送給浦島太郎的寶盒，浦島太郎一打開，他自己變成了老公公，還害我們被困在不知名的村莊。」

「這是四百年前的村莊。」倫布里說。

「哎呀，這可不得了，我怎麼會回到過去的村莊呢？」老先生不禁驚嘆。

「這可不是什麼好地方，老爺爺，這是番婆鬼的村莊，我們得小心，要是遇到了他們，他們可是會把我們變成奇怪的東西。」

阿霧說完，忍不住打起哆嗦。

「這是很了不起的地方呀，我以前年輕的時候，走在沿海村莊時，總想著那些村莊何以如此古老，明明是一百多年前才有人居住，但那些村莊的房屋座向卻早已變動過無數次，像是因應著河川改道，不得不閃躲那些被風颳起的狂沙。證據都在那些用石頭砌起來的地基上，隨著土壤累積越來越多層，而又重新被鋪上去的新地基，就那麼一層一層被保留了下來，直到新的木頭釘入地底，根據那些柱洞的痕跡，可以清楚辨別不同時代遺留在房子的痕跡。更不用提那些越來越高聳的路面，房子則是越來越低落到路面下的歷史遺跡。」老爺爺說。

「不用一百年，我以前跟我阿嬤走路去安平港看海的時候，我阿嬤跟我說，她在四十年前到安平古堡的時候，海就在四周。而現在海離安平古堡很遠，起碼隔了好幾條大馬路。」阿霧說。

「小朋友，你的意思是說，這塊土地的變遷是相當快速的？」老爺爺疑惑問著。

杜鵑腦中靈光一閃。

「而眼前這些外觀幾百年來都未曾改變的村落和街道，是不是有些什麼樣的原因，讓古老聚落維持下去？」

阿霧嚇得全身發抖。

「番婆鬼？」

「按照常理判斷，有人類活動，聚落的面貌就會跟著改變，雖然有的會被保留下來，但大多數都會隨著時代變遷為該年代的模樣。」杜鵑思索著。

倫布里則不敢鬆開眾人的手，他和拉爾瑟很是謹慎觀察著四周動靜。

阿霧則想問老爺爺：「你真正想追求的是什麼？真的是想要繪製地圖嗎？是什麼原因讓你為了繪製地圖，反而把自己困在這麼古怪的世界？」周遭環境是如此讓人感到不敢掉以輕心，以致於阿霧不知道該不該問老爺爺問題。

突然間，他看見前方不遠處有芒草白花花搖曳在風中，頭頂上則有大黑鳥飛過。

阿霧回頭看了倫布里一眼。

倫布里點頭。

阿霧則牽著杜鵑的手往前方開始跑動，倫布里則揹起老爺爺，懷裡抱著拉爾瑟邁開步伐在驟然間就出現的砂礫道路上奔馳了起來。

阿霧直跟著黑色大鳥行動，一路跑過了有許多藥草曬在夯土地面上的景致，還有許多昆蟲的屍體晾乾在騎樓下，貓的屍體則掛滿整棵大葉欖仁，一籠籠的鳥被擺在紅磚上，半土穴半木造的房子中充斥著透明的小矮人忙進忙出在餵食家畜，身高一百九十幾公分的白灰灰半透明人則在編織著鳥毛和狗毛，許多聲音顯現在砂礫道路以外的地方猶如星星不停閃耀。許多聲音出現後又消失，像是在述說著很久以前的故事。至於那些陌生的語言究竟在說著什麼事情，阿霧根本無從知曉，他只是認得其中幾個唱歌的聲音，那歌曲曲調跟他祖母歌聲的音調好像是一樣的。

已經看不見黑色大鳥寬闊的身型和巨大的黑影，阿霧則停在一棵老茄苳樹下，邊喘氣邊看著倫布里，他急急忙忙說起：「黑，黑，鳥，鳥，吉吉，古斯，不，不，不見了。」

「這裡安全了。」倫布里放下了老爺爺。

杜鵑直按著心臟的位置，緊靠著老茄苳樹樹幹。

老爺爺則茫然看起四周，他望著之前走過的村莊，那裡長滿了青剛櫟，還開滿了毛狀黑冠的小花一簇簇。

「那個地方真美。」老爺爺說完，他一手扣著圖紙，一手推著菜籃車，便又茫茫走回了布滿番婆鬼記憶的村莊。

「老爺爺。」阿霧大喊。

倫布里制止了阿霧。

「那是老爺爺的家。」

「老爺爺不是番婆鬼！」阿霧第一次有如此難過的心情，他想要當下就去拉回老爺爺。

「那裡有老爺爺的記憶。」倫布里拽住了阿霧的手。

「放開我，老爺爺該回家了。」阿霧反駁。

「你也活在番婆鬼的記憶中。」倫布里堅決說著。

阿霧一愣。

「我也是番婆鬼嗎？」

倫布里搖頭。

「番婆鬼是很久很久以前的事情了，那位老先生也已經一百多歲了，只有在番婆鬼的村莊中，番婆鬼們才能繼續像過去那般生活。老先生也是，如果離開了剛才的村莊，他們哪裡都去不了，沒有到達天堂的門票，也沒有通往地獄的船票，他們所生活過的世界已經離他們太遙遠，所以他們只能在那裡，而我們能做的，僅僅只是不去打擾。」

「番婆鬼會衝出來的，他們把我變成了樹。」阿霧很難過，他還是想去救老爺爺。

「茄苳樹會保護我們，這裡是茄苳樹的地域，過了茄苳樹，我們會到達人類的聚落。」倫布里說。

阿霧的神情直盯著古老的村落。

「我很後悔，因為害怕受傷，所以害死阿莫。」

阿霧說完，他起身去攙扶杜鵑。「走吧，我們趕快完成妳的心願。」

「我必須跟阿霧學習。」倫布里心中油然而生如此古怪的心情，他從來沒有向凡人學習過，一直以來，他的學習對象是他的養父，天神布達達旺。

12 露水神的魔法

河川的分支竄入各個田裡，沿著老茄苳樹廣闊枝葉下的樹蔭，阿霧一行人走過了許多山丘山坡間的古老村莊，又過了一座大橋。這時，天空上像是有無數鳥隻飛過，那些斑斕羽毛的美麗鳥兒把天空都染成了桔梗花色一叢叢在原本溪床寬廣空盪的天際上。

倫布里把拉爾瑟放在地上，拉爾瑟每走一步，身型便開始放大。

阿霧觀察到河川附近的寂靜，他感覺茄苳樹林都宛如榕樹般，開始長出了氣根把彼此連結在一塊，讓阿霧感到十分放心。他熟門熟路在茄苳樹林裡穿梭，依靠著的，是過去和祖母走過的那些回憶，他知道只要再往前兩公里左右，就能夠到達所在地周遭樹齡最老的茄苳樹王公的亭子，到時候，他們就可以在那裡安穩睡上一覺，等待星期日的來臨。

杜鵑每走一步，顯得身子越來越沉重。

「杜鵑，妳還好嗎？」阿霧問。

杜鵑搖頭。

「我們繼續走吧，我送你回東勢，我再走到科博館。」

拉爾瑟回頭望了一眼那正拖著疲憊身軀行走的杜鵑，牠因此汪汪叫了幾聲。

「那是什麼？」杜鵑顯得昏昏欲睡，她揉揉雙眼後，指著拉爾瑟說：「那是一棵樹嗎？」

拉爾瑟嗚的一聲。

「樹會說話。」杜鵑微笑。「樹，你不要擔心，我只是需要睡上一覺。」

阿霧扶著杜鵑。

「妳再撐著點，我們就快要走到臺中的樹王公涼亭，我們可以在那兒休息。」

杜鵑搖頭。

「繼續趕路，我把你送到你爸爸身邊，我想親眼看看你爸爸是否不會對你家暴，我才能安心去科博館，等同學來到。」

「我沒事的，我已經不是小孩子，我是國中生，我有能力保護自己。反而是杜鵑妳，妳需要我的幫助，還是讓我送妳到科博館去吧。」阿霧說。

拉爾瑟嗚嗚低聲吟叫。

「一起去？」杜鵑對拉爾瑟搖頭。「你們該回家了。」

拉爾瑟吼了一聲。

「要保護我和阿霧？」杜鵑點了一下頭。「好吧，那我們一起去東勢，再去科博館，阿霧也一起去，阿霧可以坐公車回東勢。」

在河川被開發的水渠之中穿梭，阿霧一行人趕著路要到兩公里外的老茄苳樹王所在地，途經門窗狹窄的一落落平房都被墨綠的茂盛樹林給覆蓋住，上面開滿了許多青白色的小花綻放在樹冠上，要爬上樹木才能看清楚花朵的模樣。風颳得花搖曳著陣陣清香，一下子濃密一下子稀疏，阿霧很沉浸在傍晚的微風中，他彷彿可以從吵雜在老村落間的工業區之下，側耳傾聽到水聲潺潺。那沿著舊有河道而被開發成的大排水溝、灌溉溝渠和水田間嘩啦啦水聲，彷彿一流過就洗淨了整片大地的髒亂、汙漬、喧囂和令人不適的黏膩，水源源不絕淘洗著即將天黑的世界，好讓每一棵樹、每一吋土壤和每一個出現在土地的生命都發出了微弱月光般的光芒。

阿霧不禁感動得全身發抖。

「剛才飛過去的鳥，是奇異的五色鳥嗎？」

「那只是一隻夜鷹。」杜鵑揉揉惺忪的雙眼。

拉爾瑟見狀，走到了阿霧的旁邊，牠要阿霧把杜鵑放到牠身上。

阿霧點頭。

杜鵑摸摸拉爾瑟的黑毛說：「大樹要揹我嗎？謝謝你。」

拉爾瑟的目光頓時閃爍起如銀河般的星星光彩。

杜鵑則趴在拉爾瑟身上，漸漸進入了夢鄉。

他們走過了一片竹林，大家各自身上閃爍的光芒卻突然消失，並且在光暗下的同時，有奇怪的聲響出沒在竹林間，像是達夫達夫們在唱歌跳舞。

倫布里立刻從身上取下了白色披風，一把就繞住了拉爾瑟、杜鵑和阿霧。

那是很奇特的樂音，像是火車在行駛，又如高鐵瞬間而過的風聲，有颱風颳起路樹的轟隆隆聲，也有打雷的聲響，有下雨的嘶嘶聲，也有露珠蒸散在日光間的微弱聲音，有小狗在打呼的聲音，還有人在背誦詩句的聲音。

「啊，有人耶！」一個矮小的人型生物從竹林中鑽出。

阿霧透過白色披風的縫隙偷瞄著，那是一個有著超大頭顱和只有頭十分之一大的軀幹，那東西長著細長的四肢，有著狗獾般的腳掌和大約有頭顱四分之一大的手掌，頭顱上的嘴巴很突出很厚，眼睛則大得像是芭樂鑲嵌在頭顱上，眉毛很淡像是畫上去的模樣，鼻子像是蓮霧，兩隻耳朵則猶如鴿子的翅膀啪啪就要飛翔起來。

「對啊，好多人喔！」另一個奇異小人說。

倫布里示意阿霧安靜，他自己則盯著兩個奇異小人的一舉一動。

「對了，我剛才有聽到狗的叫聲，怎麼沒看見狗呢？」一個小人問。

「我們可以騎著小狗去捉弄小孩。」一個小人說。

「也可以把小嬰兒偷抱出來玩，然後在小嬰兒的竹籃裡，」另一個小人說。

「我們改放上竹子。」

「也用冰塊雕一個嬰兒。」

「我們自己就可以變成嬰兒。」

「那麼有許多的嬰兒，讓揹嬰兒出來玩的哥哥姊姊們，都找不著自己的弟弟妹妹。」

「接著我們把嬰兒還回去，就在那爸媽精心布置的美麗鮮花小床上。」

「把花都偷換成青剛櫟的果實，松鼠會來找牠們秋冬藏下的果子。」

「小嬰兒因此嚇得哇哇大叫。」

兩個小人說完哈哈大笑了起來。

「這就是我們的工作。」一個小人又說。

「是我們的工作。」另一個小人微笑。

竹林卻流出了無數條的河流，河流把漆黑的樹林，都隔成一座座的小島，小島上各自有一棵樹，兩個小人兒見狀，趕緊溜上了樹。只見那無端出現的河流裡，有一個男子緩緩從河流中爬了起來，那是個身型高大的中年男子，他的皮膚像是橄欖的色澤，兩隻眼睛則猶若長滿了草原，大片大片的澄黃色、青綠色和玉石般的青翠，有水鹿在草原上奔跑而過，有梅花鹿在河川邊嬉戲，有大象發出叫聲震動起草原上的生態。

那個中年男子打了個呵欠。

躲在樹上的小人嚇得渾身發抖。

中年男子用雙手按住了頭部，像是在對焦自己的目光，中年男子開始尋找。

某棵樹上的兩個小人喀喀顫抖著。

中年男子像是搜尋到了目標，那是一群貓聚集在樹林外，牠們紛紛拆下自己的眼睛，換給了番婆鬼，番婆鬼拿到貓眼便各個開心插上蕉葉在天空飛舞。

中年男子因此舉起手指，瞬間有強烈水柱由中年高大男子的指頭間射了出去，一個接著一個番婆鬼掉落，就連在一旁觀看的達夫達夫精靈們也全都遭殃，他們四處逃竄，只見一個不小心，全都掉進河川邊的芒草堆中，一個個痛得死去活來。

樹上的兩個小人兒見了，更不敢離開樹。

「出來嚇人是我們的工作。」一個小人說。

「把番婆鬼洗乾淨變成好巫師，也是露水男神的工作。」另一個小人說。

倫布里緊拉著白色披風，掩飾阿霧和拉爾瑟帶著杜鵑離開，他喃喃說著：「洗乾淨了，番婆鬼就會記起來自己原本的任務，一一把壞人都趕出村莊。」

跟著茄苳樹彼此傳遞的指引訊息，阿霧一行人走到了樹王公前的涼亭休息片刻，突然茄苳樹彼此吵鬧起來，樹蔭上的黑影越聚越多，倫布里只好用樹王公旁邊的水渠給阿霧施上了咒語。

「今夜暫時不會變身成樹了。」倫布里說。

「沒有被剛才的露水男神洗乾淨的番婆鬼，是否已經跟上我們的步伐了？」阿霧問。

倫布里點點頭。

「看起來，還是得繼續跟著茄苳老樹的影子走。」

「走去哪？」阿霧問。

「我們往東勢的茄苳老樹前進。」

倫布里說完，他用樹王公身上除了茄苳樹葉之外，還有鳥榕、榕樹、血桐、朴樹、大砲樹和梗桃樹的樹葉，他沾起附近渠道的清水，然後黏在阿霧和杜鵑的手上，阿霧和杜鵑頓時像是鳥有了翅膀，拍拍飄起了身軀。

「神樹茄苳樹們已經結成了氣場，杜絕了城市的人潮和車潮，我可以施法術把你們變到東勢，你們不要害怕。」倫布里說。

真的飛起來了，像是在空中開始跳舞，拉爾瑟保護著杜鵑，阿霧和倫布里手舞足蹈在天空追起雲朵，腳下則布滿茄苳樹林好似一艘艘的船隻，風是海浪，一個大浪打來，阿霧他們便被推得好遠好遠。

阿霧又更認真揮動起雙手，拉爾瑟也飛奔起來，倫布里直跟著茄苳樹林的指示，往北往山上的方向飛行，當日出從遠方的茄苳樹林開始傳遞金光一波一波到倫布里的眼前時，倫布里加足了馬力，直往茄苳樹林盡頭飛去。

13 阿杜爾的關懷

到處是碉堡和石頭隔出來的分界，離開了茄苳樹林的屏障，阿霧他們身上的樹葉自然掉落，此時此刻他們正站在柏油路面，阿霧顯得有些畏懼。

「我並沒有到過東勢。」阿霧說。

「走溪谷，我們族人向來跟著溪水移動。」倫布里說。

原本有些擔心的阿霧，鼓起了勇氣，他點了一下頭，然後叫醒了睡在拉爾瑟身上的杜鵑，他們走入了峽谷中，撿起樹枝，叉住了兩條魚，便開始烤魚當早餐吃。

沿途感覺到山勢的起伏，阿霧一行人繞著繞著，從遠離人群的河邊，進入了村落的街市，溪水不知隱入何處，他們找了許久，只看見了鐵軌和菜市場。

「你在找塔巴土丘嗎？」杜鵑問。

阿霧看著溪邊的茄苳樹，驀地感覺茄苳樹旁曾經有懸崖，是相當高聳陡峭的高台，而高台下依然有河川流動，往四面八方繞過一座一座的土丘，那時候沒有平原，平原是很久以後才出現的。

「啊啊！已經這麼快就到達東勢，看來我得回家了，從這裡開始，一路下坡應該就會通到溪床位置，溪水總是往下流動。」阿霧開口說道。

「你找到塔巴土丘了嗎？」杜鵑繼續問道。

「聽說是有清兵屯守的地方。」阿霧說。

「你說的是塔巴土丘？」杜鵑眨巴困惑雙眼。

阿霧指著遠方的高山。

「那裡就是高台，真的挖到了清兵屯守的遺址，更多是樟樹被煉成樟腦的工寮。」

阿霧轉身指向了北方。

「鹿肉那種東西當時還可以食用，到處都可以看見鹿在奔馳，山羊則很喜歡爬土丘，一處又一處的土丘頂端，都能看見山羊和山豬，山羊喜歡邊走邊跳，牠們是爬山高手。小山豬則動不動就尖叫，好像到處都有敵人埋伏。雞隻滿地跑，因此有強壯的雞爪。我阿嬤說過，她小的時候，家裡點的燈是松木，用天然三叉木做支架，把松木放在火台上燒。」

杜鵑拿出了背包裡的相機，開始喀嚓拍個不停。

「我會把你的塔巴士丘寄到你的信箱。」

阿霧對杜鵑表達感謝之後，他望著地勢較高的位置，彷彿看見了祖母說過的傳統木竹屋的大大斜屋頂……雨經常下在阿霧祖母祖先居住的地方。他們在沒下雨的日子，用竹筒到溪邊汲水。在下雨的天氣裡，便聚集在竹子隔成的小空間中檢查剩下的食物。走到哪裡都踩著通草，阿霧的祖母說通草可以造紙，其他村莊的人，用通草紙寫字。

環顧了山的位置，阿霧往海的方向看去。「我阿嬤的親生媽媽來自豐原的豐饒土地上，那裡是馬基雅瓦蘇的王國。」阿霧又指向潭子的位置繼續說著：「祖先從葫蘆墩（豐原）前往岸裡（潭子）生活，他們便是那樣漸漸離開了馬基雅瓦蘇的居住地。」阿霧又轉向山的方向。「有的祖先去到更遠的地方，繞進了山林，去到了馬基雅瓦蘇叫祖先逃跑的方位，他們逃著逃著就忘了回家的路。」

「你已經回家了。」杜鵑說。

阿霧原本眺望遠方的輕鬆心情，突然間就無精打采了起來。

「我一到晚上，就會變成一棵樹，我想，我爸應該會嚇壞了。」

「或許，我們都在作夢，想想看，我們究竟花了幾天幾夜，從嘉義走到了臺中。」杜鵑說。

「這不是夢。」阿霧說。

「我們當然不會記得每一天夜裡所作的夢境。」杜鵑說。

「說我們一起經歷的這幾天是一場夢，這才是在說夢話。」阿霧回應。

「無論走了多遠，還是只跨出了一步，既然來了，我們就去看看。」杜鵑微笑。

阿霧直搖頭說著：「我是來這裡暫時借住，這地方已經不是以前的聚落，後來的人趕走原本的居住者，這條街再往下走，都只是後來新蓋的市街。」

「無論如何，你已經很久沒有看過你爸爸了吧，我們還是去你爸家看看。」

杜鵑舉起雙手推起阿霧往前走。

「小心，下坡。」倫布里囑咐著阿霧和杜鵑。

拉爾瑟已經變回一隻小黑狗搖搖尾巴，也想跟著杜鵑往下走。

阿霧深呼吸了好幾下，他才終於肯往前邁進。

在街廓中繞來繞去，走過石子路和柏油路，阿霧領著大家走下田邊附近，又岔離了一條土石小徑。

「等等，有笛子的聲音。」阿霧說。

「我沒有聽見。」杜鵑回應。

倫布里拍拍阿霧的肩膀。「別怕，我們隨時可以逃回茄苳樹林下。」

阿霧搖頭。「此時，我並不感到害怕，而是那笛子的聲音，跟我阿嬤吹奏的傳統樂器很相像。」

阿霧說完，直跟著樂音走，音樂聲驟然停在一戶人家門前，那是鐵皮屋搭建而成的木板隔間，透過生鏽鐵窗裡的紗窗，隱約可以看見那戶人家生活得相當簡陋，客廳裡只有茶几和塑膠椅子，房間裡則只有床墊，然而房間角落卻有塑膠地墊，上面布滿許多幼童的玩具。

阿霧心一驚，他想逃跑，頃刻間竟無法移動腳步，只能眼睜睜看著他有些熟悉的背影抱著一名小女孩從廁所走入了房間，那名大人把女童放在塑膠墊上，很用心教導女童玩玩具。忽然鐵皮屋的後門開啟，一個女子走進了鐵皮屋內，女童聽見聲音就朝著房間裡的大人叫起：「媽媽，媽媽。」

該名大人則抱著女童，走出房間，對女子說道：「媽媽回來了，庭庭好想念媽媽。」

女子則用鼻子摩挲起女童的鼻子後，說道：「庭庭跟爸爸在家，有沒有乖乖。」

阿霧驀地轉頭，他彷彿在小徑通往溪水的路上看見有人吹著竹子作的豎笛。他連忙跟著那吹笛人走了，不管杜鵑、拉爾瑟和倫布里在後邊追趕。阿霧一直跟著笛子的音樂聲走入了溪邊，他彎腰用溪水把自己潑得很濕很濕。

杜鵑走近，拍了拍阿霧。

「如果這裡沒有你的家，那我們就一起回家。」

風拂過芒草微微搖動，倫布里忐忑不安觀察起四周，他悄悄走近芒草堆中，他順勢摘了根芒草，只見芒草像是一把劍被握在倫布里的手中。

拉爾瑟也豎起耳朵直是觀察溪邊動靜。

阿霧則開始流起眼淚，他盡量忍住沒有發出任何聲音，可眼淚仍流得像是一條小河，咚咚咚直在溪水面上敲起鼓般。就在那咚咚聲之後一分鐘，阿霧又聽到了笛聲，他整個人茫然站立起來，像是準備走入溪中。

杜鵑趕緊拉住阿霧。

阿霧卻像是一頭力大無窮的水牛，無論如何也要走到溪水中央。

倫布里趕緊拽住阿霧的手往岸邊走，拉爾瑟也咬著阿霧的鞋子不讓他前進。

就在這時候，溪水中央真有玻璃般的樂器叮叮敲奏了起來，水面因此停止流動，溪水下的生態宛如被冰塊封住，杜鵑被凍住了，倫布里也被封住動彈不得，拉爾瑟則在冰面下，只有阿霧一個人仍走動著，而他走過的地方，溪水依然潺潺流著，還在水面上閃起七彩波光點點。

迷濛的霧氣隨著音樂聲而來，白白茫霧又隨著樂音飄邈而漸漸散開，溪水中突然出現一道白影，把阿霧整個人都壓進了溪水底，阿霧不知為何沒有反抗，阿霧仍是哭泣著，他在水中任眼淚一顆顆由身體泌了出去……他的腦海中閃過的畫面，是因為體力不支而被溪水沖走的阿莫，是從小到大抱著頭在學校樓梯間被毆打的自己，是還夠騎腳踏車去撿資源回收的阿嬤，是方才抱著不知名女童的爸爸，還有因為家暴而離家出走的媽媽，他的媽媽提著行李箱，消失在火車月台邊。

阿霧衝出溪水大力哭泣了起來，那聲音就像是要把心底的委屈全都挖掘乾淨。

許久，阿霧深深嘆了口氣。

能夠自由活動以後，倫布里直朝溪水中的白影喚道：「阿母，阿母。」

白影飄浮在溪水中央，發出美妙豎琴聲般的樂音說道：「倫布里，阿爸阿母已經守護過了這世界的生命，接下來的任務就交給你，只要你肯努力，你一定會成為比我們更出色的守護神。」

「阿母，可是我的能力有限，我不是神，我無法保護任何人。」倫布里對著白影說。

白影閃爍。「倫布里，我是神，但是我也救不了所有人。」

倫布里回頭不捨地看了杜鵑一眼，又朝白影問：「阿母，我能夠做什麼？」

白影回答：「我已經解除了阿霧身上的咒語，用的是你想出來的方法。利用露水男神的溪水對抗番婆鬼的咒語。這是你的功勞，你所缺乏的是信心，我想阿霧和杜鵑也是面臨到同樣的問題。」

「這麼說來，如果我克服了沒有自信的問題，我就能夠幫助許多人囉。」倫布里對著白影說。

白影閃爍。

「阿母，我想念和你們一起生活的日子。」倫布里說。

「倫布里加油，在天神遠離的時代，你要學會為自己，也為這個世界創造奇蹟。」

「阿母，我們會再見面的。阿母，我們一定會再見面的。」倫布里邊說邊朝逐漸消失的白影揮手。

好不容易可以移動身軀的杜鵑問倫布里說：「這是怎麼一回事呢？」

「是我的阿母，阿杜爾女神救了阿霧。」倫布里答。

14 天神乍現

「又只剩下我自己了。」倫布里有些不捨，他抱起拉爾瑟，踩著溪水走到水中央攙扶起阿霧，再回頭拉著杜鵑的手走到茄苳樹下。「無論是自己一個人，還是跟大家在一起，我都要為了你們的幸福而努力。」

回過神來的阿霧擦去了鼻涕和眼淚，儘管眼底仍泛出美麗的淚光。「我也是，為了阿嬤，我一定要努力跟阿嬤生活下去。」

「能夠看見你們都找到為幸福努力的目標，我也同樣感到很高興。」杜鵑深深呼吸之後，彷彿心裡湧現了全新的力量。

「那我們就一起幫杜鵑完成心願。」阿霧抓起大家的手和拉爾瑟的手掌說。

茄苳樹林瞬間開始發光。

「快看，那就是時空的縫隙。」倫布里說道。

「那不是樹洞嗎？」阿霧問。

杜鵑探頭，看見老茄苳樹洞裡竟然有寬廣的空間，還有許多奇異的黃綠色和藍黃色光芒在閃耀。

「這是茄苳樹生活在這世界的時空隧道，我們只要走入這棵茄苳樹的時空隧道，就可以到達另一棵茄苳樹的生長環境。」倫布里解釋。

杜鵑歪起腦袋打量布滿生物螢光的樹洞。

「啊，我想起來了，科博館附近有一棵老茄苳樹。茄苳樹爺爺，請問你可以把我們送到科博館附近的茄苳樹爺爺那裡嗎？」

杜鵑話才一說完，樹洞裡的光點左右閃動之後，一個個全都順時針開始旋轉起來，原本橘黃色的樹洞也在光點快速旋轉之下，變成了一圈圈七彩的光束將阿霧一行人團團圍住，直到樹洞裡的光都變成夜晚的藍色，逐漸成為星空下的黑色。

倫布里先踏出了樹洞外，往外一看，發現大馬路上很寂靜，附近的店家早就歇息，阿霧扶著杜鵑也跟著走出樹洞，那是很安靜的夜晚，除了紅綠燈在閃爍，就連星星也隱蔽在雲間，白雲在天空被風吹得快速流動，然而阿霧他們置身在科博館附近的道路上並沒有感覺到風的吹拂。

「這就是科博館？」杜鵑問。

阿霧點了點頭，看見迷濛的霧氣緩緩靠近，猶如臨時架設的隔間，在博館路隔起了一個一個像是貼地而建的茅草屋，架高離地兩三公尺的竹屋，也有陷入土地的半穴居，阿霧因為好奇走過去一團團的白霧中觀看，那些白霧像是在歡迎來賓，倏忽間散出了通道，好讓阿霧接近。變成大黑狗的拉爾瑟先跟過去保護阿霧，杜鵑也在倫布里的攙扶下走入霧中。

「這是臺中目前發現最古老的媽媽，她是年紀大約有四千多歲的媽媽。」阿霧指著其中一團白霧說完，回頭對杜鵑揮揮手。「雖然不知道那位媽媽的確切身分，也許是我阿嬤的祖先，是巴則海的媽媽也說不定。」

阿霧向前跑去，繼續穿梭在白霧中。

「這好像是我曾曾祖母的家。是番仔園文化，據說是拍瀑拉族的祖先喔。」

阿霧一臉興奮在大霧中發出歡呼聲。

「你們快看，那是小來，小來的家是屬於番仔園文化，或許小來跟我的曾曾祖母也有血緣關係。」

阿霧在白霧中發出恭謹的嘆息聲後，又對杜鵑招招手。

「你們快來看，這裡有古時候的鯊魚，還有跟拉爾瑟一樣的大黑狗，還有許多田鼠穿梭在草叢間，那是好大的魚類，我從來都沒看過。」

杜鵑也看得目瞪口呆。「我們是走在海邊嗎？」

「以前這裡離海應該不遠。」倫布里蹲下身子，撿起一枚貝殼給杜鵑看。

阿霧又叫又跳。

「你們趕快來，這裡有好多石頭作的刀具，以前我跟我阿嬤在科博館裡面就有看過這些器具，有的是用來敲擊石塊作成碗盤，有的是用來打火，有的則是可以用作狩獵。」

拉爾瑟也很開心跟在阿霧後面東張西望，驟然間，拉爾瑟停止了所有動作，跟在後頭的倫布里也似乎聽見了什麼聲音，而驚得瞬間無法動彈。

杜鵑連忙叫住阿霧。

「小心，不要再往前走了。」

阿霧仍是沉浸在欣喜中說著：「透過白霧看見阿嬤和祖先過去的生活環境，真是令人感到開心，我一定要趕快回家跟我阿嬤分享。」

噗啾噗啾，彷彿是從海面上傳來的聲音。

「來了，來了。」杜鵑說道。

阿霧轉頭問杜鵑說：「什麼東西來了？」

噗啾噗啾的聲音，彷彿踩上了濕漉漉的海灘。

「來了，來了，真的來了。」杜鵑繼續說道。

「什麼東西？」這下，連阿霧都擔憂了起來。

噗啾噗啾，聲音直從溼地踩上了溪邊的草叢。

「有人在走路？」阿霧問。

「來了，來了，越來越近。」杜鵑說。

「怎麼不坐船，我曾曾祖母的祖先是坐船沿著大肚溪在臺中盆地上岸。」阿霧說。

「真的來了，有人越走越近。」杜鵑說。

「我阿嬤的祖先則是從天上來的，沒有說是怎麼出現的，也許是搭著飛碟被空降在臺中盆地。」阿霧說。

噗啾噗啾，一團厚重的白霧緩緩出現，像是一個巨人全身裹著霧氣從西屯方向移動到科博館來。

倫布里這才回過神來，立刻向巨大的白霧團行禮。

拉爾瑟也跟著低頭敬禮。

阿霧望著宛如一顆顆恐龍蛋堆疊環狀的白霧，忍不住問道：「請問你是誰？」

白霧倏忽間散去，一個全身散著銀色光芒，身高大約有十幾層樓高的巨人，慢慢停下了腳步。

「偉大的馬基雅瓦蘇，您為何出現在科博館？」倫布里問。

「你就是最初的天神馬基雅瓦蘇，我阿嬤所說的造人神話故事，就是跟祢有關。是祢創造了巴則海族！」阿霧用難以形容的心情發出了驚嘆聲。

「他是天神？」杜鵑抬頭望著巨人。

呵呵呵，馬基雅瓦蘇以低沉的嗓音輕輕笑了幾聲後，說道：「孩子們，能夠再見到我的後裔們。我實在很開心，已經很久沒有人跟樹說話了。樹是這世界跟我所屬世界唯一的溝通管道，我以為自己再也不可能有機會來到這世界跟任何人類見面。真的是很驚喜，孩子們，你們在旅行的過程中，一路信任老樹的指引，我們才能在這裡見面，很謝謝你們，還有人想起我跟我的世界，請你們要繼續好好珍惜老樹，沒有了樹，我的世界就會被人類遺忘。」

「我看見天神了？」杜鵑相當感動，她直按著心臟的位置，拼命深呼吸。

倫布里再次向馬基雅瓦蘇行禮，拉爾瑟也跟著低頭敬禮。

馬基雅瓦蘇踩著愉快的腳步，徐徐轉身，又慢慢回頭對阿霧一行人說：「那麼再會了，希望能夠再見到你們。」

「再見，再見。」阿霧強忍著激動的淚水，他一直朝馬基雅瓦蘇揮手。「天神，我會跟我阿嬤說祢的故事。祢出現在我面前的故事，我是一輩子都不會忘記的。」

巨大的白霧散去之後，空蕩蕩的街道上，原來還有一棵老榕樹靜默在道路旁，阿霧一行人見到了老樹，紛紛以恭敬的眼神望向老樹。

15 被重新製造的人類

在榕樹下睡了一覺，天色漸漸從破洞的藍黑色擴散成滿天金絲的清晨。

杜鵑揉揉惺忪的睡眼。「昨天的大霧好像是大水男神引發了大水，讓我們凍了一整夜，幸虧有這棵老榕樹的保護。」

阿霧悵然望著人潮車潮逐漸變多的道路。

「好懷念昨天見到的情景。馬基雅瓦蘇創造了我們，然後把我們留在這個世界，馬基雅瓦蘇則回到祂自己的世界，不過祂還是在關心著這個世界的發展。」

「我聽過馬基雅瓦蘇的故事，大水來襲之後，僅剩的人類還是靠著自己的力量，然後運用馬基雅瓦蘇的方法，重新製造人類繁衍在這塊土地上。」杜鵑說。

小黑狗拉爾瑟蜷縮在倫布里的懷中，倫布里小心伸了伸懶腰，說道：「因為這是我們的世界，我們一定要靠自己的力量，才能讓自己和大家都變得幸福。」

杜鵑握緊雙手，情緒很激昂。

「我覺得我現在就很幸福，我跟朋友們一起經歷了旅行，我還親眼見到神話故事，我覺得此刻全身都充滿了力量，我決定繼續接受治療，我想跟自己的身體好好相處，讓自己能夠再次得到幸福。」

「太好了，同學們十點就會來到科博館，到時候完成了妳想跟全班出遊的心願之後，我們再一起回家。」阿霧說。

倫布里也被杜鵑和阿霧的信心激勵了。

「謝謝你們，沒有你們，我不知道原來天神還在注視著我們。過去孤孤單單的那些日子，就連我自己也都忘記了神話故事，我不再相信大樹是能和天神世界溝通的管道，遺忘了大樹也有保護這個世界的心志，我只是很害怕一個人生活在這個世界，恐懼到都不記得番婆鬼害怕露水男神，達夫達夫需要協助和教導才不會被番婆鬼利用，大水男神是為了維護生態平衡而存在，還有更多故事內容……我的天神父母用故事來告誡我得繼續努力學習。」

倫布里握緊阿霧和杜鵑的手繼續說道：「我很感激你們，謝謝。時候到了，好了，我和拉爾瑟也該走了，你們保重。記得沿著榕樹往南走，你們會遇見更多的老樹，像是樟樹、苦楝樹、黃槿樹等等，別忘了，要跟老樹們打招呼喔。」

阿霧很想說「可以不要離開嗎」，但他什麼都沒有說。除了阿莫以外，他如今還多了倫布里這樣的好朋友。跟朋友道別總是格外感傷，他只能強忍著捨不得的情緒，緩緩吐出了幾個字。

「那麼再見了，一定要再見。」

倫布里點點頭。

杜鵑也很感傷問道：「我們要怎麼才能再遇見你？」

「總有一天，一定會再見面。」

倫布里說完，便和拉爾瑟消失在榕樹旁。

阿霧扶著杜鵑慢慢走向了科博館的大門。

果真十點一到，科博館前面聚集了幾輛遊覽車，下來的學生們穿著阿霧很熟悉的體育服，阿霧很高興連忙對著遠方的學生們大力揮起手。

「那是阿霧耶！」

阿霧聽著那聲音很是熟悉。

只見一個小小的人影迅速脫離隊伍跑向了阿霧所在位置。

「阿霧，阿霧，你為什麼要離家出走，我，我，我覺得，我其實，我——」

「阿安，謝謝你。」阿霧說。

阿安瞬間脹紅著臉。

「對不起，是我太懦弱了，我沒有保護你，還跟著其他人一起欺負你。你不要離開我，我們畢竟同班了七年，你不在的這幾天，我覺得怪怪的。」

阿安很是不好意思低頭瞟來瞟去，想要遮掩自己的尷尬，忽然發現了一雙熟悉的運動鞋，阿安抬頭一望。

「杜鵑，妳怎麼在這裡？」

「我想跟大家一起來科博館，我很後悔沒有跟大家一起好好遊玩，想不到就生病了。是阿霧為了完成我的心願，所以陪我先來科博館，等候大家一起會合。」杜鵑答。

阿安連忙轉頭向黃老師揮手說：「老師快來，杜鵑也在這裡。」班上其他同學一聽到杜鵑的名字，也急急忙忙跑走到科博館的大門口，許多女同學們都在問起阿霧和杜鵑的事情。

「是阿霧陪杜鵑用走的來科博館！」班長眨巴難以置信的眼神說著。就連熊同學也說：「想不到，阿霧也有長成男子漢的一天，竟然也會保護同學。」

「阿霧不一樣了，阿霧變勇敢了，真是讓我刮目相看。」鹿同學也跟著附和。

許多同學都關心起杜鵑的病情，也對阿霧幫助杜鵑的事情深表讚許。

黃老師詢問過了杜鵑的身體情況之後，才轉身問在一旁的阿霧說：「你決定要到臺中唸完國中了嗎？」

阿霧搖頭。

熊同學聽見了，他拍了阿霧一下。「勇敢一點，逃避不能解決問題。」

阿霧點點頭。「我會回家的，我會跟阿嬤道歉。也對不起大家，讓你們擔心了。」

黃老師拍了拍阿霧的肩膀。

「那麼大家一起進去科博館參觀吧。等參觀結束，我再帶杜鵑和阿霧回嘉義，我們班就拜託校長幫忙協助下午和晚上的行程，也要辛苦班長多注意同學們的情況，我明天早上再回來跟大家會合。」

班長左思右想後回應：「老師，可不可以讓阿霧和杜鵑跟著我們一起參加校外教學，這是很難得的經驗。」

其他同學也跟著附和。

「老師，我們可以幫阿霧和杜鵑……」

「老師，反正大家明天就可以一起回去……」

「老師，拜託……」

黃老師思忖後，也答應了同學們的請求。

阿霧、杜鵑、黃老師和同學們開開心心一起參觀了人類祖先的生活，透過解說，所有人都對腳下土地的古代環境有了更多的認識和瞭解。聽了許多故事之後，阿霧和杜鵑都很想趕快回家，跟他們各自的祖母和阿祖分享在中部所遇見的遺址文物和神話故事。

沿著榕樹的氣根走，阿霧和杜鵑跟著黃老師與同學們坐上遊覽車，車子緩緩行駛上省道，又進入了國道，四周皆有高大的樹木環繞，那些蒼翠古老的生命，無論在白天還是夜晚，都猶如遼闊夜空中的星群，彷彿一棵樹就是一個星球，閃爍在土地上，從很久以前的時空便開始發光，跟真正的星空一樣。

阿霧喃喃說：「從太陽系以外的星球看太陽，太陽也是一顆星星。」

杜鵑低聲問：「你希望阿莫也在這裡，對吧？」

阿霧點頭。「我相信阿莫已經回到祖先的住所，就像祖靈一直看著我們那樣。」

釀奇幻05　PG1695

釀 魔樹少年

作　　者	跳舞鯨魚
責任編輯	辛秉學
圖文排版	周政緯
封面設計	葉力安

出版策劃	釀出版
製作發行	秀威資訊科技股份有限公司 114 台北市內湖區瑞光路76巷65號1樓 電話：+886-2-2796-3638　傳真：+886-2-2796-1377 服務信箱：service@showwe.com.tw http://www.showwe.com.tw
郵政劃撥	19563868　戶名：秀威資訊科技股份有限公司
展售門市	國家書店【松江門市】 104 台北市中山區松江路209號1樓 電話：+886-2-2518-0207　傳真：+886-2-2518-0778
網路訂購	秀威網路書店：http://www.bodbooks.com.tw 國家網路書店：http://www.govbooks.com.tw
法律顧問	毛國樑　律師
總 經 銷	聯合發行股份有限公司 231新北市新店區寶橋路235巷6弄6號4F 電話：+886-2-2917-8022　傳真：+886-2-2915-6275

出版日期	2017年3月　BOD一版
定　　價	230元

國家圖書館出版品預行編目

魔樹少年 / 跳舞鯨魚著. -- 一版. -- 臺北市 :
釀出版, 2017.03
面； 公分
BOD版
ISBN 978-986-445-176-0(平裝)

863.857 105024539

讀者回函卡

感謝您購買本書，為提升服務品質，請填妥以下資料，將讀者回函卡直接寄回或傳真本公司，收到您的寶貴意見後，我們會收藏記錄及檢討，謝謝！如您需要了解本公司最新出版書目、購書優惠或企劃活動，歡迎您上網查詢或下載相關資料：http:// www.showwe.com.tw

您購買的書名：______________________________

出生日期：________年________月________日

學歷：□高中（含）以下　□大專　□研究所（含）以上

職業：□製造業　□金融業　□資訊業　□軍警　□傳播業　□自由業

□服務業　□公務員　□教職　□學生　□家管　□其它_____

購書地點：□網路書店　□實體書店　□書展　□郵購　□贈閱　□其他

您從何得知本書的消息？

□網路書店　□實體書店　□網路搜尋　□電子報　□書訊　□雜誌

□傳播媒體　□親友推薦　□網站推薦　□部落格　□其他________

您對本書的評價：（請填代號　1.非常滿意　2.滿意　3.尚可　4.再改進）

封面設計____　版面編排____　內容____　文／譯筆____　價格____

讀完書後您覺得：

□很有收穫　□有收穫　□收穫不多　□沒收穫

對我們的建議：______________________________

____

____

____

請貼
郵票

11466
台北市内湖區瑞光路 76 巷 65 號 1 樓
秀威資訊科技股份有限公司 收
BOD 數位出版事業部

....

（請沿線對折寄回，謝謝！）

姓　名：＿＿＿＿＿＿＿＿＿＿　年齡：＿＿＿＿　性別：□女　□男

郵遞區號：□□□□□

地　址：＿＿＿＿＿＿＿＿＿＿＿＿＿＿＿＿＿＿＿＿＿＿＿＿＿＿

聯絡電話：(日)＿＿＿＿＿＿＿＿＿＿＿(夜)＿＿＿＿＿＿＿＿＿＿

E-mail：＿＿＿＿＿＿＿＿＿＿＿＿＿＿＿＿＿＿＿＿＿＿＿＿＿＿